一個偽農婦的田園日記

凌明玉 著

目次

2021

這些人這些故事

2022／有雞有菜有貓的日子

2024／鄉村生活圖景

【推薦序】

她怕豐收：偽農婦的田園日記讀後

鍾怡雯（作家）

近兩年在報章上斷斷續續讀到凌明玉的鄉居隨筆，充滿生活感，活潑有趣，非常接地氣。這類題材原來並不多見，上個世紀九〇年代臺灣進入城市化後，愈漸稀少，別說農婦，連「偽」農婦的寫作角度也少有。出身於屏東鄉下的凌明玉或許對農村並不陌生，可是進入城市生活多年，已徹底被改造為城裡人。農村生活，或者鄉居歲月，早成了舊時明月。即便有幸重現，那也是以局外人的身分重返，於是便有了身在其中的局外人，既在內又在外，內外兼有的兩種視野，凌明玉稱之為「偽」農婦的寫作視角。

這真是個好角度。偽者，不是真的，但也不完全假，亦可以以假亂真；「偽」農婦沒有墾荒下地，但是另一半是「真」農夫。真農夫在五十歲那年決定提早退休，在霄裡展開人生下半場，如此，方有隨夫而鄉居的偽農婦。偽農婦的農具是電腦，桌面是她的耕地；偽農婦最重要的工作是把田園生活寫下來，她的收成是書。偽農婦也有自己的虛擬（偽）農場，不必流汗晒太陽，養豬養牛還可以釣魚，所以她很認真的說，她也有自己的農場要忙。實在很搞笑。難怪汗滴禾下土的真農夫會凍袂條。

「偽農婦」的身分自覺是《一個偽農婦的田園日記》最好看精彩之處。偽，是謙卑的低姿態，先擺明擅長勞動腦細胞，不擅長勞動肢體。一旦進入真農夫的領地，偽農婦就要鬧笑話。偽農婦跟真農夫最大的區別或許是她怕豐收，他怕欠收。這兩句話真是神來之筆，真偽立辨。偽農婦是文藝女，真農夫是理工男，兩人的人生觀和個性對比，以及逗趣的對話充滿火花，是這本文集最吸睛之處。偽農婦說要她種地，不如去寫五千字小說，又說自己很愛問，卻常常問出傻問題。偽農婦家在臺北，工作在臺北，來農舍是短期居住，打掃、烘蛋糕、作甜點、寫作、玩貓、看花看風景，過日子。過日子不難，要進入日子的肌理，把平凡瑣碎的小事小物重新組合成寫作素材，那是腦力活。腦力活跟體力活邏輯不同，小說有因果，種地卻是看天吃飯，辛勤耕耘，收穫卻可能是零。

偽農婦的田園生活背後總有城市生活的隱藏對照組。城市的貓跟人同樣都習於狹小的空間，住在半空中；住鄉下卻是腳踏實地，人和貓都有大片野地，呼吸裡有野草樹葉和泥土。城市的空間很小，鄉下的空間大到有回音。城市裡的小陽台連晾衣服都有轉身困難的問題，在鄉下，愛洗什麼都行。好天氣時，床罩衣物吃飽陽光。在我看來，衣服床單有陽光的味道，就是幸福。在鄉下要早睡早起，幾乎與雞俱興，或者練就對雞鳴充耳不聞的功夫。偽農婦帶著城市生活的習性來到田園，關心的是有沒有書桌可寫作，有沒有熱水可洗澡，寫作和生活是否平衡。

雖然書名定調為日記，但是，印象中這些篇章發表時並無日期，只有篇名。我一直視它們為隨筆（essay）。隨筆緣自西方，卻是最接近新文學傳統的散文概念，隨筆亦對白話散文的成形捎注頗多。日記有更多的自剖和內省，且相對連續；而隨筆記錄生活，可論可感可記，無事可不錄。《一個偽農婦的田園日記》的基調更偏向於後者。

當然，我們完全不必拘泥於此，不妨循著「偽」農婦的思路，讀成「偽」日記。日記始於二〇二〇年初，農舍的興建正好與疫情同步，《一個偽農婦的田園日記》因此也留下大疫的恐懼。日記之於凌明玉，或者有更多的記實意涵。於是這本田園日記有了多線結構，鄉下人家的四季更迭之外，偽農婦意外記錄了大疫時人人自危，排隊領口罩的恐慌歲月。我把不像序的讀後感初稿寫畢，收到凌明玉的後記〈我害怕散文〉，不禁莞爾。原來怕豐收之外，作為小說家的凌明玉還害怕散文，一度難以為繼，但是冠上日記之名，讓她得以一篇接著一篇，完成八萬餘字的大書。我因此覺得，「偽日記」也確實是個寫作的好角度。

日記是私記，可以說是為自己而寫的祕密文字，並不準備公開。然而「偽日記」

設定了隱藏讀者，日記的形式反而讓它寫來更自在率真，得以直面生活，拾掇瑣碎而成珠玉。凌明玉寫鄉下人家的成形，田園生活的細節，從都市人到農婦的心路辯證；從種地到寫作，精神到身體，四兩撥千斤，鄉村風光和風物盡收筆底。

來自田野與書寫現場的共鳴推薦

王盛弘（作家、《聯合報》副刊主任）
王浩一（作家、《浩克漫遊》主持人）
劉克襄（作家、《浩克漫遊》主持人）
宇文正（作家、前《聯合報》副刊主任）
孫梓評（作家、《自由時報》副刊主編）
陳姵穎（《聯合報》家庭副刊主編）
盧美杏（《中國時報》人間副刊主編）

2020 玩房子和被房子玩

建築模型裡的鄉下人家

2020.02.20，晴朗

初見鄉下人家的模樣，只是幾張建築模型圖，灰與米白堆疊的色塊，綠意包圍著雙拼的三層樓透天厝。

側面圖有一灣湖水，思緒飄飛至童年，我出生的屏東老家門口也有一條溪，父親帶我們返鄉，幾個堂哥夜裡總會揹著裝備帶著我去溯溪電魚，那時沒人管是否違法，通常也電不到幾隻小魚，有的是赤腳玩水的天真。

「蟲，蟲蟲，有蟲——」摸黑從田壟爬上岸，小腿上常黏著幾隻水蛭，彷如來自外星的生物，我總嚇得驚聲嚎哭。

「唉喲，佮你講半暝毋通玩水，講袂伸捙。*」二伯母在豬圈那頭遠遠喊著。

這時，父親和二伯匆匆穿過大埕衝到田邊抱起我，只聽見二伯說，「既然錢都算好了，早點回高雄吧。」

* 經過勸說後，仍無法改變對方的想法。

那時的父親窮困潦倒，每回返鄉總和二伯借貸，甚至將田地抵押，算帳的數字仍越趨龐大。他以為我什麼都不知道，回家路上，開著和朋友借來的老舊裕隆車，在後座蜷縮身子半寤半寐的我，聽他和母親壓低聲細細碎碎說了一路帳目，欠人的，被欠的，不清不楚的，後來我也算不清真的睡著了。

我們鄉村的家，建築模型圖旁的湖水，讓我想起童年的父親。模型圖裡的綠無從得知是什麼樹木，後來才知道那是沿著菜園栽種的整排綠竹。

依憑一張建築模型圖，怎麼看，不過是樂高堆砌的家，我能肯定的是，那不是我童年的家，輕輕一碰就整個崩塌。

夢想之屋

2020.02.22，陰雨

有時不免會想，童年時我家田地被父親賣掉，婚後，長時居住城市，直至J退休開始務農種菜，遙遠人生那塊消失的田，好像又返回身邊，或者我和鄉村存有擺脫不了的緣分。

不過，架構一個家，並非那張模型塗塗抹抹即可成型，需要申請建照，需要找尋值得信任的工班，連完全無法預料的疫情也跟著來了。農舍開挖地基已半月餘，工人如常勞動，進度始終延宕，或者是群聚傳染的風險，或許戴著口罩影響勞動節奏？

「我們無法要求別人，冒著傳染的風險，工作還要有效率啊。」J喃喃說著，但開工就是燒錢，只能將擔憂放在心裡。

性急的他轉而要求自己有效率，日日協助工人將挖出的廢土和大小不一的石頭排列整治為待用材料，以備未來鋪設農舍小徑或回填水池可再利用。

「我能做的都做了，只希望老天不要下雨，地基永遠挖不完啊。」擔憂進度又擔憂天氣的J，這些話無法對工人說，只能對我說。

這週輪到身分證末碼雙號的我去排長長隊伍，一小時換來五個口罩，這種效率也有城鄉差距，我遠遠不及農舍趕工的工人，他們得趁著春雨尚未襲來完成地基進度。

近來疫情越演越烈，本以為和那年SARS忽然蔓延不久終將平息。然而疾病是魔幻化成各種姿態，奪人自由、終止心臟搏動，日漸腐蝕人心，這一年我們懷疑他人也懷疑自己，呼和吸都得付出代價。

在城市的我，每週拿著家人身分證排隊買五個口罩，過日子，說難也不難，至少沒病沒痛持續生活。

在村野偶爾不戴口罩能自由呼吸的J，笑說自己算有遠見，有了農舍這尚未成形的家，心裡多了記掛之處，他只有城鄉距離，沒有惱人的確診足跡。

農舍興建和疫情幾乎同步展開，未成形的鄉下人家也和時間競賽著。我笑J是每日開車去種菜的高級農夫，總是忙到傍晚又匆匆隨著北二高下班車潮堵塞在途中，他不過是換個形式上班。

常常農事一做就忘了時間，手機和隨身揹包擺在竹林下，農夫裝就是淘汰的老舊衣物，渾身髒兮兮充滿汗臭的他，回到城市家便急匆匆地奔入浴室梳洗。

「蓋間農舍，就不用兩地奔波，農事要認真做的話，兩天打魚三天晒網也不是個辦法。」蹲在浴室搓揉務農污衣的他，再次提起這個話題。

「蓋—農—舍？是新聞常說的那種農舍，不是說不可以亂蓋？」

「當然不是，我打算自己跑流程，取得合法資格，多數人都貪圖便利蓋個農具間掩護，這不是正途，以後如果需要買賣或繼承，麻煩就來了。」

兩年前冬日，他初次吐露想蓋間農舍，以為是一時奇想，當了一年新手農夫，沒想到仍在縝密計畫。早和從事建築師的姊夫商量，合購數年的農地可以蓋個雙拼三層樓農舍，詢問過姊姊意願，一拍即合的田園夢從此開始。

火象星座的J，我常懷疑他是摩羯混種，想做什麼，千軍萬馬攔不住。不像我凡事溫吞，多放在心裡醞釀，實際執行少，尤其是麻煩的事，想過就算做完了。

擁有農舍的夢想之屋，怎麼想，沒有一件是容易的。

「容易的事就不必做了。」他迅速句點我的疑惑。

每個行業都有我們看不見的專業，J或許並不全理解創作的我在想什麼，但他肯定了解堅持寫作超過二十年的我，有多麼熱愛創作這件事。

退休的他並非鎮日坐在電視前看著政論節目，反而將採買家什和廚房烹飪悉數攬上身，更甚，還整治菜園，數不清讓身體更為疲憊的農事……現在還有一間農舍！

苦思農舍的藍圖，見他皺眉不語，應該也在創作中，如同我的創作，沒有一件是容易的事。

至少還有希望的新生活

2020.02.24，多雲

「今天進度還好嗎？」

J最不喜歡我問這句話，但不說這句話，整個晚上靜默地各做各的，毫無交談，我寫稿，他總埋首寫著一本手掌大的筆記。

這本筆記是保險公司的贈品，輕便小巧卻毫無美感，最近不時拿著塗塗寫寫，須臾不分。趁他吃過晚餐在沙發瞌睡蟲纏身，耐不住好奇，偷偷將擺在桌上筆記逐頁翻閱一遍。

小筆記裡密密麻麻寫著月計畫：放樣、搭鷹架、搭接柱鋼、水電、板模、牆面鋼筋、水電放樣、二樓頂鋼筋和水電、技師現場勘驗、市府派員勘驗、工地拜拜、灌漿、頂板放樣、灑水養護、拆牆模……

「真不知是請工人蓋農舍，還是自己學習蓋農舍？」

當我邊翻著筆記絮絮叨念，貓兒忽然跑到他身邊蹭蹭討摸，他瞬間張開眼——看著我和他的筆記。

「看什麼?你又不懂。」

這句話在過去的時間可能是引發夫妻戰爭的導火線，但現在我非常謙卑地請教他，「每個字都看得懂，合起來看真的不懂，太多專有名詞了。」

「朋友都笑說，等到農舍蓋好，我可以外接CASE了。」

「切莫沒事找事，農舍一個就夠了。」

旁人戲謔的說法，並非刻意為之，而是不解他何必凡事攬上身，交給工人負責多省事，值得他付出所有心力嗎?

誰能洞悉這鄉間小屋對他而言，是退休後放諸身心的自然野地，是重返童年毫無憂慮的樂園。這不僅是簡單農舍。只要種好菜園的菜，不用擔心有沒有收成，收菜吃飯洗澡上床睡覺，那是脫離職場的他單純的下半場人生。

「我只想過簡單的生活。」他常和不解大費周章蓋農舍的親友這麼說。

過多的解釋不想多言，所謂的簡單是:不需再看老闆和客戶臉色，不需為了電腦系統上線徹夜難眠，不需吃頓晚餐還要接三四通電話、和客戶溝通到飯菜涼颼颼。

「我的胃潰瘍其實是長年工作型態造成，每天都不知道自己吃了什麼東西，總是在開會……」

J退休前，差不多是個破碎的人，自肩頸至整個背脊，游移不知名痛點，他的睡前儀式總是拿著痠痛貼布請我幫忙貼妥，這裡那裡，都不是，上下左右，皆有可能，究竟痛點在哪？他也不清楚。

他那時唯一清楚的或許是，早日擺脫折磨身心的職涯。五十歲提早退休的J不是為了滿足多個房子的欲望，而是想要單純的生活，在城鄉奔波的他，卸除電腦包重量，重獲身體自由，不需要尋找不知名的痛點了。

目前的我也只求個單純生活，創作小說進度順遂，世界趕緊回復到平和狀態。每週依照身分證末碼單雙數買口罩，日常成為荒謬的超現實，我閉鎖在城市家，收看固定上演的疫情記者會，播報死亡人數和感染人數不斷攀升，在疾病面前，人人平等，未來任何夢想此刻皆顯得太過奢侈，薄脆渺茫。

但，我們還有個鄉間小房子，日日長大，它，總是有個打上劇終字樣的機會。佇立於田中的農舍，終有一日，等著我們展開還有希望的新生活。

田地的CP值

2020.02.27，雨日

昨日陰霾今日微雨，因疫情自肅在家，大樓之外何種天氣似乎與我無關，半空中三十坪大的空間，查看手機步行步數恐怕比家貓還少。

即便是雨日，J仍清晨即起，驅車前往鄉下人家，他說得幫綠竹筍施肥覆土，口吻堅定、表情雀躍，像是和情人約好時間不見不散。

這塊小農地在J尚未退休前，一直由大伯幫忙種稻，田與田的交界已栽植整排綠竹，這種天然屏障既有隱私又能在竹葉掩映中忽然瞥見鳥兒在枝條間跳躍，連續播放的動態畫面，彷如毋需插電的數位電子相框。

J笑說，更好的邊際效益是只要勤於除根覆土，還能收成綠竹筍。

「跟你說個好消息，剛剛和隔壁農友聊天，發現他也放棄使用除草劑，改用農機勤翻土的方式。這樣田地和蔬菜就不會被污染，大家一起愛護彼此的土地，真是太好了。」

J難得上傳一長串訊息，可見開心之情溢於言表。隨即又補述，其實隔壁農友還考量到除草劑比翻土機的汽油還貴，計算成本之餘乾脆放棄。

原來種田也是要考慮到CP值啊。我算是開了眼界。關上訊息，換個視窗開始寫稿，不到五分鐘，電腦右下方又迸出幾則訊息，或許平日少言的他今日特別想聊天吧。

「去年他還笑說，只有我們不用除草劑不噴農藥，太辛苦了。他希望田是乾淨的，沒雜草的，不用除草劑不行。我還隨口回他，『你的翻土機也是要三不五時開出來，何不翻土就好？』那時，我很擔心，要他不噴農藥，還有漫漫長路。」

原來有這段因果關係，這比農舍工程進度超前更加欣喜，相較菜苗開花、果樹結果彷如從天而降的收穫，難怪J的喜悅完全藏不住。解開長久以來的擔憂，大概和我昨日搭電梯偷聽到一段父子對話，靈光乍然現身，卡住多時的小說情節忽然滑順了。

俗話說，擁有好鄰居是上輩子修來的福氣，兩塊相鄰的田地同樣惜愛生態，隔壁農友不用除草劑，土地得以健康呼吸，收穫的蔬果也跟著蒙受福氣。

仔細一想，如獲重生的土地，關乎蔬果健康永續的繁衍，彷彿比我解開小說卡住的段落更值得一書呢。

雜草和蔬菜旺盛齊長的菜園

2020.02.28，陰天

隔壁農田放棄使用除草劑，不過歡喜二日，J又有新煩惱。他說平常，看天氣看作物，看實況判斷，再規劃每天要做的農活。但是想和同學來個半環島單車之旅，農活就變得複雜了。

「菜不是事先種好了，請大哥幫忙澆水，有什麼複雜？」

「哪有妳種在窗檯那些多肉植物那麼簡單，這樣妳也能來種菜了。」

「此言差矣，多肉也不是簡單角色，有些很愛水，但不能每天澆水，還得另外套個杯子儲存水分讓上面的根系吸收水氣，才不會爛根。」

疫情期間開始種植多肉植物，J時不時調侃我窗檯小花園那些肉葉，需要細心伺候的叫它公主病，不需多澆水的喚它「那些草」。種肉以來，我稍微懂得種菜人心裡只有自己的孩子萬般好，別人家孩子全都看不上眼的分別心。

「好啦，跟妳說說，究竟旅行前的農事有多複雜。一兩個月前要規劃菜苗是否要先種下？還要預估土壤乾濕度，更重要的看老天是否賞臉，得密切注意氣象動態。好天氣晒乾田土才能翻地，一種下苗，濕漉漉的土想拔小草異常困難，氣溫上下溜滑梯也會影響育苗成功率，說完這些都嘴乾舌燥了。妳覺得難不難？」

「好像有點難。是你自己選擇退休種菜，這些風險難道沒有評估過嗎？你們資訊產業做一個案子前，不是最會事先精算？」

我了解菜園無法與一個資訊系統相比，耗費的心力本來就不對等，但J說菜說得頭頭是道，那語氣彷彿我是個笨蛋，讓人相談不歡。在鄉下人家，他又無人可談領悟到的務農小事，只能勉強找我這個偽農婦一吐苦悶。

J大概也察覺到太太不是很有耐心聽這些拔草育苗的「大事」，開始放慢語速，心平氣和地說，「其實作物與草可以共生，但是，我也怕這些草等我環島回來，可能長得比種下的菜苗還高，所以，要算準時間栽種實在很為難，還有天氣因素搗亂，最後白忙一場。」

「簡單來說，就是你不想這是個雜草和蔬菜旺盛齊長的菜園對吧？」

「差不多是這個意思。」

「我懂了，今日本人暫且先不寫稿，跟你去拔那些細小的雜草。」

「對嘛，整天坐在筆電前不健康，也該來看看菜了。」

「不，我是去看看草，你的菜根本還沒長出來啊。」

「都好都好，反正疫情期間，也只能去鄉下人家走走，要珍惜這個後花園。」

珍惜我們家的後花園，這話倒是精確，人身不自由，想起還有一處隨意來去的處所，心，也感受到自由了。

靠Google、Excel幫忙種菜？

2020.03.03，陰雨

傍晚遲遲等不到J回家，心中感到詫異，向來他會避開下班壅塞時間，提早返回城市，不知發生什麼事讓人忐忑？

正遲疑是否要聯繫，J的電話搶先來了。電話裡說著始末，原本下午四點半早換好衣服收工，但經過田壟邊，大哥在網室那頭喊著，「明天還來嗎？」

「這種天氣，繼續下雨就不來了。」他以為有雨，隔日不過是做白工。大哥聽了回覆卻建議倘若第二天不來，最好先移好香瓜苗種下，否則等他陪我回南部娘家幾日再來，種苗時機已晚。J想想，最好參考大哥的經驗值，重新去工具間取來鋤頭翻土，移了種苗栽種。菜園說小也不小，一來一回又是大汗淋漓、渾身髒污得先在農具間收拾乾淨。最後不忘囑咐我留飯菜即可，不要等他共餐。

果然與我預想差距無幾，為了多做點農事，總會延遲返家。一個人吃晚餐有點寂寥，因為少了他說著菜園的新鮮事佐餐嗎？

約莫過了兩小時，J回家後囫圇吃過晚餐，忙不迭打開電腦開始查資料，還邊做筆記，問他為何如此焦急？

「你記得去年那個軟綿好吃的南瓜嗎？留下種籽的南瓜，今年種下許久竟然沒發芽？得查一下怎麼改善種植方法。」

「什麼？那個超級好吃欸。」我瞬間理解J望南瓜成材，轉眼卻成空的心情。

「就是好吃到有口碑，我還分了一些南瓜種籽給土庫的同學老媽媽，讓她種看看，剛剛一問，回應說同樣也沒發芽。晚上開車回來，沿路都在思索，自己是不是做錯什麼？先Google看看如何保留種籽，這才知道保留好的瓜種不容易啊。絲瓜算是最簡單的，其他瓜類有些複雜，一般農民都是隨興的留。誰知道隨興的定義是什麼呢？」

這並非J為了種好菜第一次查資料，眼角餘光跟著隨興一瞥，他電腦的Excel頁面詳細記載著各種節氣適合栽植的蔬果、疏苗、種植方式、病蟲害防治等細節。用Excel管理菜園的農夫我沒認識幾個，但我家就有一個，種菜和分析電腦系統同樣認真的農夫。

「我想最有可能的答案是，去年好吃的南瓜是誤打誤撞，也就是異花授粉的結果。而留下當種的籽，並非純正好吃的南瓜籽，所以無法發芽吧。難怪俗話說，做什麼事都要學到老！」

「你已經很老了，還在學，孔子應該非常感動。」

「孔子不教人種菜啦。」

「你怎麼知道，顏回不是一簞食一瓢飲，可能孔子覺得弟子太窮，還是會想辦法教他種點菜來吃。」

「都給你說就好了。」

每次J總以這話句點我，夫妻平常鬥嘴差不多就是這些無意義的垃圾話。

「啊，我有點了解隨興的意思，大概和妳昨天問妳媽那道菜要怎麼做，她也說不出食材佐料的正確比例，只是回說隨便做做就很好吃啊。」

「有道理。」

並非浮誇，真心覺得這話有道理，領悟力強的J還是能作為孔子的學生。

新書的生日

2020.03.07，天氣晴好

今日收到出版社寄來剛出版的散文集，新書的氣味泛著嬰兒氣息，封面是雪莎紙，摸起來有微微浮突的顆粒感，予人靠在厚實肩膀的感受，扉頁則是星語紙，翻側某個角度真的閃著星星光芒呢。好美的孩子啊。

但想到疫情期間，沒有新書分享會該怎麼讓大家看看這孩子呢？有點像我偷偷出版了一本書，全世界無人知曉，唯有我，癡心抱著這孩子分分秒秒凝視著它，字字句句、每個段落。距離上一本散文集的誕生足足差距十年，很珍惜在創作小說的空隙寫出這本書，但是，無法和讀者分享這孩子的生日，它肯定也感到孤單寂寞冷。

還好網路仍有安撫作者的些許力量，下午旅行朋友群組陸續加一加一的購書，不畏疫情仍想舉辦小型發表會，讓人感激在心。晚間開始為大家簽書，再次翻閱整本書的編排，隨手翻到自己寫著：「一篇作品屬於靈感的部分輕如微塵，最重要的是撥開模糊的那層霧，後來發生的事。」

散文裡的時間，有些看似追憶逝水年華，重要的也是後來發生的事呢。

開始蓋農舍，開始種菜，這些是人生的加號，限制人身移動，限制出入國境，是人生的減號。這場瘟疫，讓人明白沒有什麼事是理所當然、永恆不變。於是，我隨興寫下鄉下人家的觀察小筆記。這些像日記的隨筆，忽然發覺最近的風格演化為自然書寫，那是創作至今從未涉足的領域。

或許在疫情期間，最適合寫作和閱讀如此單純的生活，也適合思索創作轉型，於我，便不覺困坐家中的時光該有多漫長。

旅行和日常

2020.03.15，陰霾

一月底疫情剛剛開始，臺灣確診病例僅有十位數，懵懂無知的我們和旅行好友仍按照原訂計畫前往印度、尼泊爾、喀什米爾，當時異國只有零星兩三病例。

順利結束行程，懷抱著旅行既歡愉又疲憊的餘韻，尚不知回到這個島嶼的嚴峻景況。

二月中從印度經吉隆坡轉機回到桃園，迎接我們的是飄浮著消毒藥水氣味，空蕩蕩的機場，一關又一關的安全資訊核對。趁著等行李跑去洗手間，清潔阿姨笑著說，「攏無人啦，航班都減少一百多班了！隨便妳用，我半小時就消毒一次。」

踏入國門那刻起，為檢疫層層把關的工作人員各個面露疲態，除了防堵新型冠狀病毒入侵，同時非洲豬瘟的檢疫工作也在進行；被口罩蒙住的千言萬語此時更與誰人說，只得透過僅剩的雙眼交換無奈的微笑。

回想在尼泊爾和印度半月期間感受到當地居民給予的親善，當然抵達德里首都和吉隆坡機場等公眾空間不免飽受歧視眼光，歐美人士只見亞洲面孔總下意識閃身或直接掏出口罩防護，像閃避未爆彈那般，瞳孔滿布驚懼。

一場蔓延全球的疫病，將人與人的距離退到生死邊緣，封城鎖國航班停飛……我不知道之後關於旅行會不會倒退為十八世紀之前，舟船移動或者苦行輾轉皆是妄想。

J仍舊固定開車往返鄉村菜園和城市之間，但會刻意遠離正在農舍施工的工人，我則因為創作狀態平日鮮少出門，但為了日後上課和熟識的親朋好友以及陌生的你我他，自行進行健康自主管理十四天。

這期間可以多閱讀人性書寫生活，仍寄望春天剛來，泥土稍微有新葉萌芽，能慢慢地回到日常，回到我們可以望見彼此喜怒哀樂的模樣。

正當百無聊賴，閉鎖在家，想念著旅行時的那個我，J傳來菜園裡剛冒出頭的白蘿蔔照片，交代先將冷凍庫裡的排骨取下退冰，這表示晚餐有鮮甜的蘿蔔湯可食。

清洗個頭壯碩的蘿蔔，想著這是J在旅行前栽種的作物，那時還沒有疫情呢。而此刻的蘿蔔，深埋於田園陰暗的土壤近兩個月，這與目前必須沉潛在家安頓身心竟有些相似。

實實在在沾泥帶土的農作，產地直送餐桌，切開蘿蔔的瞬間，多汁豐美的生命沿著指縫淋漓流淌，竟為我帶來曙光之感。

「可以吃飯了嗎？好餓。」J在客廳喊著。

每天回家一起吃飯，說說農舍新鮮事，平安度過這一天。撈起鍋中的浮沫，白蘿蔔在沸騰的熱湯中翻滾，像是給我們肯定的答覆。

玩房子還是被房子玩？

2020.03.18，天氣晴好

近日農舍的工程有苦有甜，J說想不到在田裡蓋間小房子有這麼多學問。甜的是熟識的親友偶爾會去關注進度，有人說是在蓋碉堡嗎？有人說是蓋水箱？也有人肯定地說應該是要蓋十層樓，否則不會用這麼多的鋼筋、灌那麼厚的牆。

「總之，基礎工程確實是下重本，尤其是自己要住的房子，這是建築師的安全信念。」J轉達了身為土木技師和建築師雙重身分的小姊夫，他的專業堅持。日後完工的雙拼農舍，姊夫是住戶之一也是我們的鄰居，但他關注農舍工程同時也在其他工地勘察工程，他打趣說，什麼農事都不會，上次幫忙J拔草竟然將栽植的菜苗整個拔光，只能負責把關工程，為我們建造一幢安全又堅固的堡壘。

這陣子天氣時而晴朗時而陰天，施工算是順利，但基礎工程的防水工程需要的是連續好天氣才能完成，J說和姊夫最近常望天祈求，千萬不要落雨，否則工程又將延誤。

「蓋房子老天也要賞臉，經驗豐富的工頭也有膽識，會觀天象，他說要趁著鋒面來臨之前趕完泥作防水工事，大好天氣加緊上柏油。明天起就可以回填了。完成基礎工程後樓層往上才要開始，一樓二樓三樓。首先得要先整地回填方便搭鷹架施工。」

J照例還是每日清晨出門傍晚返回城市的家，晚餐時我慣常會問幾句，今天種什麼菜苗？之前種的有收成嗎？但問到農舍蓋到哪？J方才回答過於專業，多半讓我疑惑重重。

「你看，現在已經像個房子的樣子了。看得出一樓格局，還有水電也開始配管了。」

J滑開手機的照片，一張張平地起樓、從無到有的過程，他只差沒有親自去灌漿和做泥作，每天施工現場的小工仍是他，撿拾垃圾、清理廢棄建材……我想不管哪個階段施工的師傅一定很喜歡他。他是個求知欲甚強之人，每件事必想知所以然，知所以然之後，格物致知，沒完沒了，這點倒是有點惹人厭。

有時我也會被他追根究柢的個性惹毛，但想他不敢惹毛師傅，應該略有收斂、知所進退。

正當我咀嚼著剛收成的小黃瓜炒肉片，口腔滿溢鮮甜爽脆的滋味，J卻皺緊眉頭說：「今天有件苦惱的事，姐夫說收到市府公文來函，遇四級地震七天內有灌漿的建築物，都要請專業技師檢測，以確保結構體安全。我們家八分之三灌漿的規模剛好就落在需要被檢測的範圍內。」

「既然都有公文來，也只好照規矩配合檢測了。」需要遵守法規的事我是懂得的。

自蓋農舍以來，因為施工車輛頻繁進出鄉間小路，J說附近許多「蓋過農舍」的農友不免路過指導一二，有的笑他何必這麼認真蓋房子，蓋個「農具間」多省事，也可以規避法規。

打從起心動念建農舍，他就決心合法取得建照，依法守法勢必付出更多規費與代價，譬如今日又飛來一筆昂貴的檢測費用，使得預算再度增加。

「就當我退休之後，除了種菜，又多了一個被房子玩的遊戲吧。」J只能自我解嘲。

果然是格物致知之人，了解事物的本質，玩房子還是被房子玩，困難或喜悅又豈能不知行合一，繼續完成他在田中蓋個小房子的夢想。

收回懸在英倫的風箏線

2020.03.23，晴天

疫情期間許多人事有了劇烈變化，不停演化的疾病、死亡、離別……倏忽來到眼前，於我最難忘的卻是今日。

去年遠赴英國攻讀創意設計的小女兒，經過學校關閉、強制所有外籍學生返國進行遠距教學，輾轉折騰之後，終於順利回到臺灣。J說在機場外接到女兒的剎那，26號柱子下，站著是護目鏡口罩連續十多個小時沒有離開臉的孩子，她第一句話是「快窒息了，想吐。」

J同步將孩子的感受傳給在手機這端焦慮等待的我，心酸的感覺頓時湧上心頭，倘若需要逃離英國的是我，政治情勢加上性命交關的情境，我不會做得比她好，一向依賴J安排所有雜事的我肯定無所適從。

兩個女兒至國外求學，我們的約定皆是踏出海關那一刻起，諸事靠自己，除了唸書，獨立解決問題也是學習，中途不可輕易返國。J同樣這次也給了小女兒求學預算，不可任意浪費。但學業未完，突來的疫情讓孩子擔心學習是否會中斷，返家會不會將疫情帶回來危及我們？

回？不回？一家人反覆掙扎……直至航空公司臨時通知有了直飛航班機票，英國政府直接宣布全國停課，J最終果斷地讓她買了高額機票。

「還是回家吧。」望著群組J的決定，我們也放下萬般忐忑的心。

小女兒推著行李箱進門瞬間，母女沒有交談，我將貓抱進主臥，她迅速進入自己房間，然後洗澡……直至在LINE叮嚀她注意事項，她說準備的食物太多，吃不完，我說沒關係，吃不完放著，客房服務退餐會一起處理。

她給了小熊抱抱的貼圖說，回到家真好，太幸福了，搭飛機快窒息了，睡不著又想吐。穿著全身防護衣、護目鏡、面罩，這些裝備著實令她安全，也使她痛苦。

我們沙盤推演各種居家防疫的方式，決定讓她有獨立的衛浴和房間，彼此保持距離，為她送餐等等，我會陪同十四天不踏出家門，J則負責採買事項。收取餐盤時，我不怕被傳染，唯有自責，身為母親能為她做的實在太少。

這陣子險峻的疫情變化，在防疫成績斐然的臺灣，日日聽聞病例數字上升尚且仍心驚膽顫，何況在英國歷經口罩買不到，買到也無法戴口罩會被歧視的留學生，危險時刻想返家還要擔心家人安危，再三斟酌回或不回？

易地而處，我也會慌也會茫然失措，我甚至不知道自己能否冷靜面對這一切？

不過是二十出頭的孩子，而我也不過是一個很少為孩子做些什麼的媽媽，聽到小女兒在家庭群組說，回家真好！太幸福了。

不知道是不是突然收回懸在英倫的風箏線，我竟湧出了淚水。

自動拉高層級陪同居家檢疫

2020.03.24，多雲

經過昨天晚上慌亂的上餐收餐，基本上，客房服務最難的是有貓客介入。

家中三貓發覺明明房間有各種動靜，為何小姊姊都不出來玩呢？所以我服務最難的技術不是備餐洗碗熱水消毒這些瑣事，而是比貓還要早一步的心思，然而貓是誰，牠們可是地球上心思複雜腳步輕盈的生物哪。

由於大女兒需要上班已提前到姑姑家住，我暫時再度棲身大女兒房間，小花貓呢，不只一次逛進房間找姊姊，發現我不是姊姊又悻悻然毫不留戀拂尾而去。

美短小三則是昨晚趁著各種空隙鑽營翻滾耍賴，今天招數是趴在桌下冷眼旁觀我在廚房、客房來去。人貓彼此相依在這個家已是慣性，這十四天小姊姊要忍耐著貓們在房門外殷殷叫喚，保持健康狀態之後就可以盡情貓擼人、人擼貓啦。

J則在這十四天負責在外的日常採買，以及將鄉下人家的新鮮蔬果運輸回家，甚至有時將日用品和蔬果箱放在門口隨即離去，皆是為了避免交叉感染的風險。我們選擇讓孩子在家專屬的房間隔離，而不是去隔離旅館，我也一併陪同隔離足不出戶，一方面是擔憂小女兒如果身體有任何狀況，也能就近處理，一方面是捨不得經過長途飛行的她，再度飽受人身失去自由被關在旅館裡。

儘管在家也只能關在房間，但至少就近能聽見貓叫聲、媽媽關心的叮嚀，希望家的聲音能減輕孩子有如被囚禁的不安，送餐收餐時，小女兒竟畫了張「客房服務小費」的插畫給我，寫著「謝謝媽媽」。

很久沒有聽到「謝謝媽媽」這句話，專事寫作這十幾年，自私地將母職悉數拋在腦後，今天卻聽到好幾次，真有點不習慣啊。孩子早已成長到不需要依靠我，又長年在異國求學非常獨立自主，近年我身體有諸多狀況，經常讓她們擔心的反倒是我。

這十四天，是否會被傳染並不是很擔憂，於我而言，彷彿班傑明的奇幻旅程，迅速回返十幾年前為孩子料理餐食，時間到就必須餵食的年輕母親，所有時間被切割得細碎，而過往我停止寫小說的時間堆砌成娉婷少女的青春時光，以及那邊的你。那個你，正是存在過去時間的我。

三月初出版的散文集《我只是來借個靈感》，我在後記寫下〈這邊的我，那邊的你〉，大約將這本集子創作的時程分成那邊和這邊，而我，在陪同女兒居家檢疫時，也魔幻地進入另一個重疊時區。或者，日後回想，這身不由己的瞬間，也是生命中最值得珍藏的時刻吧。

一生懸命的農作

2020.03.27，天氣晴好

J這週仍不間斷農作，同時還要關注農舍施工進程，這些事完全幫不上忙的我，偶爾好奇地詢問現況。

「就是該收的收，該種的種，該除草該修剪的都做，沒什麼特別的。」

「喔。」什麼都不會做的我通常只能應答這類敷衍的狀聲詞。

他閒淡交代數語，稱不上誠懇，不免有種他比上班時還要忙碌的錯覺。

農舍尚未完成，撿拾廢料、搬運挖地基清出的石頭、還有種菜，幫不上忙的我是個閒人，或者跟廢人沒有兩樣。記得有次J特意開車載我遠眺正在施工中的農舍，那不過是一幢搭好鷹架的水泥建築，實在無法想像一個家的模樣。

「欸，我想回家，這裡蚊子好多……」站在空蕩蕩的菜園，百無聊賴的我實在待不下去了。

J瞪了我一眼，隨即繼續收拾工作廢棄的垃圾和碎木料，「工作還沒做完怎麼回家？」拋下這句話，他又往菜園深處走去。

我只好隨意在菜園摸摸菜摘摘野花，十足是個來野外踏青的城市鄉巴佬。不過也發現田裡的蔬菜種類多樣多采，種植面積就這麼點大，看起來有些蕪雜，好像和J之前傳來的照片有所差異。

經常依賴照片觀察自家田園的我，還是有點敏銳，信步移動到正在餵養雞隻的J身旁，說出自己的觀察。

「對啊，最近多點品項，還有分批種植，但不知是氣候因素還是經驗不足，去年種植的成果跟今年完全不同。去年收成好的今年卻不理想，今年種得不錯的，去年反而不盡人意。」他總算抬起頭抹去汗水侃侃道來。

「在超市買菜如此容易，從來沒想過吃一把健康的青菜有多麼難。」我輕輕嘆口氣。

「附近農夫經過，看我一個傻子亂種菜，時不時來指導個幾句。才知道他們不吃自己要賣的菜，但看到我的菜沒收成，又好心送了一些菜，強調沒灑藥，但我還真不敢吃。」

J指了指擺在竹林下那些菜，接著又說現在沒收成沒關係，這些失敗的經驗未來都會給我們好的回應。

「用什麼回應？」

「當然是用它的一生懸命啊。」

我不禁微笑，那是日本職人始終堅持的精神，蔬果的確是以一生懸命的方式回報著辛勤耕作的農夫。那麼J已經退休，將以一生懸命的態度展開春耕夏耘的生活，他真的既勤快又有毅力，也算是稀缺的生物品種。

要是我退休，只想躺著耍廢，隨意閱讀那整牆沒讀完的書，還有餘裕寫點字，我心足矣。

你是做什麼的？

2020.03.31，天氣晴好

農舍進度開始進入架板模、灌漿階段，這陣子J特別關心天氣，悶熱多雨都不行，工人受不了，工作效率大受影響，暴雨更是拖慢工程進度。

今天自鄉下人家返家難得沒有談他的菜如何如何，而是說了個笑話。工地雜事繁多，有時為了不讓建材和施工垃圾污染菜園環境，J會混在工班裡做雜工，十足體驗到艷陽烈日下的維士比勞工日常。

他說下午時分負責泥作施工的老闆，忽然走到身邊打量著他說：「你是做什麼？」

「種菜的。」

「不可能，您客氣了。」

「業主啦。」J老實回覆。

「交換名片？」「沒有名片。」J已不知該說什麼。

那老闆仍有疑慮，續說，「我覺得你是某個工班的。」

「很像吧？我黑到徹底了。」

J很得意泥作老闆將他誤認為工人，因為他這一年來幾乎日日務農，晒得通體發黑，這身黝黑皮膚彷彿是閃亮的勳章，退休後作為一位全勤農夫最好的讚美。

我想起，今年疫情初始，二月還膽敢去尼泊爾旅行，飯店服務生為他倒水時，不斷猜測 Where are you from? J竟然調皮的和服務生玩起猜謎，You guess? From Thailand? No. Philippines? No. Is it Africa? No——

響亮的笑聲環繞在餐廳挑高的中庭，J怎麼就不說 I'm from Taiwan. 並且在旅行期間玩這個「猜猜我來自哪裡」玩上了癮，因為少有老外猜對國籍，可見他真的是黑到發光、黑到道地，無人起疑。

這件事絕對是J這幾個月除了蔬菜收成的得意之作，經常聽他轉述這個認錯人的故事給來訪鄉下人家的親友一笑。

不久，農舍工程又換了一個工班來接替，又聽到那句熟悉的問句：「你是做什麼的？」

J正拖著碩大的水泥紙袋忙著收拾農地工程垃圾，只聽到他又爽朗的笑出聲說，猜猜看啊？

看得開和放得下

2020.04.06，晴朗炎熱

「不知道是不是我們家球球，天天守護著這片農地，最近菜都種得不錯，還有兩隻貓都會跑來討食。」

晚餐時分，J照例轉播今日鄉下人家見聞，說的是城市家將近十二歲因病去世的白貓球球，牠小小的身軀葬在果樹區，小女兒還為牠畫了個木製碑做為標示。

球球平日最喜愛的人是J，我們也不想將貓火化，便決定將牠留在田裡，陪著爸爸耕作。那時J才剛剛開始種菜，如今在田邊又將長出雙拼的小房子，不知球球是否覺得施工期間很嘈雜，貓是最不喜歡吵鬧的。

「有新的貓？什麼花色？」我想球球肯定也會開心，有貓來菜園跑跳，一起陪J做農事。

「不是新來的貓，我猜是大門小路那頭農舍的橘白貓，看過幾次，在他們家稻田跑來跑去。另一隻可能是大哥家的灰貓，自家吃不夠還來我們家蹭吃，哈。」

「咦？你餵什麼給貓吃啊？」

「工人們餵貓吃午餐便當的剩菜剩飯啊。你以為貓都吃飼料和罐頭嗎?古早養貓都是這樣餵食的。」

原來兩貓食物是這麼來的，我倒是沒想到鄉野浪貓的確是有得吃就好，不挑食的，挑食的只有被慣壞胃口的家貓。

「沒想到工人這麼有愛。」

「不只對貓有愛，對大哥家的黑狗也愛，連排骨都留給牠吃。」

「工人們很和善哪。」我心想愛動物的人應該都好相處才是。

「是挺和善的，但也會講話酸我『看得開喔——放得下喔』，他們得知我退休前的工作，簡直不可置信。有時候我自己也不懂，放著錢不賺、有冷氣的辦公室不待，跑到農地工地裡晒得和外勞一樣，還要被取笑，妳說，他們是不是覺得我腦子有問題?」

J說著說著笑不可抑，他說「看開」「放下」似乎是人人上口的形容詞，只是有些人是問號，有些人是驚嘆號。他真心覺得那些工人不可能會懂他放著資訊高管不做，提早十年退休來種菜蓋農舍，不就少賺十年高薪的道理究竟是什麼?

「其實，我有時候也不懂，但尊重你的選擇。我也不喜歡工作，自己不上班哪有資格要求你得去上班。」不知為何，我的話越講越心虛。

「我後來仔細想想，工人們說我『看得開喔——放得下喔』，我從沒有看不開，何來看得開？沒有提起，何來放下呢？想來想去，我就是逃避時間、金錢權力的複雜遊戲，只想過最簡單的生活，做個與草競爭、純種菜的農夫。這是現在所能想到的答案。」

「我完全理解你的想法。寧可犧牲一些可以獲得的利益，也要換取身心自由。」

J的解答，也是我不想被工作束縛的初衷，我比他更為幸運的是不必擔負一家生計，從事的是文字創作。倘若角色互換，我可能連一年都撐不下去。

「我發現，二月去國外旅行回來，菜園的草少了競爭者，肆無忌憚奔放。旅行回來，換我要努力移除了。職場上就是這樣，少了我，自然也會有別人出頭，不用把自己看得太重要，這世界沒有你，一樣如常運轉。」

「你現在只有這塊田最重要，其他都不重要。」

「不對，吃菜的人也很重要。」

「這個補充無加分……你明明第一愛田，每天醒來，早已不見人影。算了，能種出菜來吃，不該奢求太多。」

J種菜，我寫作，大女兒在紐約工作順利，小女兒也安全自英國返家，倘若歲月無法靜好，各自在疫情期間一切平安，這竟然是最好的日常了。

日常之不尋常

2020.04.10，陰雨

近日除了繼續按照單雙號排隊領買口罩，大多閉鎖在家，能出門的機會竟是偶爾搭自家車和J去鄉下人家晃蕩。我發覺只要不打開電視，不收看每日衛福部的疫情報導，這一切，幾乎能置身事外。

當然對於生死一線的醫療人員，或染疫的人們，全世界蔓延的疫情和日日累積的確診數字，我只是在欺瞞自己，我們尚稱幸運，甚至擁有一點點幸福。

J的幸福，來自大部分時間不用戴口罩，照盼菜園和正在施工的農舍，讓他擁有奢侈的自由。有一兩次還和我抱怨，「回到城市，我才有疫情現實感，有時自然忘記戴口罩。剛搭電梯，有兩位住戶一直盯著我，還以為是自己臉很髒嗎？結果照了電梯鏡子，才發現只有我沒有戴口罩，難怪被當成怪人。」

即便如此，自然遺忘口罩束縛的J仍舊幸運，他只要離開城市就擁有與原來差不多平凡的日常。

我的幸福，來自教學和演講東奔西走的日常，幾乎全部取消，除了沒有收入，意外擁有大把時間，可以閱讀以往無暇深究的經典，構思長篇小說。此外，依憑著網路教學，竟然做出一兩種甜點取悅了自己。

這些日常之不尋常，若發生於昔日，一點也不顯珍貴，此刻，我卻異常希盼一覺醒來回復到日常。

今日是不得不出門的日子，為了尚未痊癒的蕁麻疹再度去診所求藥，這間診所我已換到第三位醫生來診治，他果斷換更重的藥，並開了五天份，減少我出門次數，莫名感激。

週一看診的人頗多，有名男子一進診間便將口罩拉至下巴，並拿出保溫瓶裝診所的熱水，之後開始享用他的下午茶，翹著腳看電視，並未再戴上口罩。起初我不以為意，只見本來於L型座位待診的六人陸續走到門外，不由我也跟著移動腳步，最後形成七個人站在人行道頂著烈日待診。櫃台掛號小姐一直跑出來叫喚病人，最後，隔著診所透明玻璃看到護理師似乎朝著那位先生喊，拜託……戴上口罩之類。

大爺他總算戴上口罩，人行道七人陸續返回L型座位區，半小時後，結束看診打了針領好藥，回家後，照例將全身衣物脫掉清洗；忽然，想起去年曾在將出版的長篇小說這麼寫著：

「他開始細說一些照顧病中老母的細節。他說外套髒沒關係，那只是與外界相處的一層皮毛。他通常一回家會站在玄關把衣服脫光丟到黑色垃圾袋，洗頭洗澡，接著趴在地板上一路擦掉從玄關走到浴室的痕跡。他像處理高危險汙染物那樣處理自己。他強調，每天喔。」

小說彷彿預知夢，雖非初次預言真實情節發生，但每一次仍會心驚，希望這個世界不要這麼荒謬，我不想要像小說一樣的生活。

J從菜園返回城市家，也會立即進浴室換掉全身衣物，他在外接觸眾多施工的工人也算傳染源，更不願絲毫疏忽波及閉鎖在家的我和小女兒。新冠病毒最荒謬之處，不只讓人類生命遭受前所未有的危急，加碼散播了強烈不信任他人的病菌，連家人也不值得信任。

新聞報導有些醫護人員長時間不敢返家，總是隨便在醫院盥洗、在診間行軍床過夜，不知這個世界還要如何荒謬下去……疫情發生以來，每日皆有不尋常的事件發生，譬如有人染疫仍不隔離，日夜歌舞昇平，有人受不了十四天的隔離，想要跳樓逃生者比比皆是。

「我們已經非常幸福了。如果真的不幸被傳染，至少可以去鄉下人家隔離，但是得快點蓋好農舍才行。」J看完新聞，他的說法讓我的憂慮稍稍緩解。

不知何時能再重返日常？真希望這次疫情也能像那年的SARS忽然消失。

蓋房子也要觀天象

2020.04.15，晴時多雲瞬間傾盆大雨

J這幾日在鄉下人家格外繁忙，不僅要觀天象，關注灌漿進度，還要抓緊時間做農事，回到城市家抓著哪個話題不放，就知道他的心都偏到農舍這邊。

農舍工程進行到灌漿部分，整個牆面開始立體起來，越來越像個能遮風避雨的房子了。

但是，J說因為原板模工臨時家中有事，重新調度人員，灌漿進度需延遲一天。好不容易，上午無雨得以繼續板模工作，鋒面又將來襲，究竟要不要搶下午灌漿成為師傅們決策焦點。氣象預報，受菲律賓颱風外圍環流影響下午百分百下雨。但老手根據經驗評估利弊後，決定放手一搏，搶在雨勢來臨前灌漿。

一切準備就緒，烏雲密布的天空已下起傾盆大雨，板模老手依然樂觀說，西北雨等它半小時，一定有空檔可以工作。

師傅自信滿滿，J卻心中忐忑，以往在資訊產業，他能掌握系統跑完唯有正確答案，昔日一個誤差可能要修改很多連結網絡，此刻，他也只能相信師傅判斷。

最後，果然如老手師傅預期，趁雨勢稍歇的間斷中完成筏基地牆灌漿。這時他才恍然不僅農作看天吃飯，灌漿更是。依進度還要安排一樓地板灌漿，每天查看預報下雨機率，只會陷入舉棋難定的局面。

凡事要有備案的J，之前還買了帆布，決定一早若沒雨就依原訂計畫，沒想到鋒面前夕，老天眷顧，得了一整天好天氣。

「我的結論是，要相信師傅的判斷，什麼降雨機率，不用太相信。」

「所以，你現在不相信氣象局？那是衛星、數據，還加上各國氣象單位的資料呢。」

「氣象資料參考用就好，老師傅都練成劉伯溫會觀天象做事，我要學著點。」

我有點不敢置信理工腦的J，退休後除了種出了產地直送餐桌的菜，現在還要學著觀天象了。

想像書房的窗景

2020.04.27，天氣多雲偶陣雨

近日疫情又有一波起伏，哪裡也去不了。

自肅在家的我唯有趕稿的煩憂，J卻有二事憂煩，不時的陣雨來襲干擾農舍施工，以及沒採收的竹筍變成竹子了。

這半年來的鄉間日記，我的觀景窗皆為J的農作和農舍進度，雖嫌單調，卻將閉鎖的生活開啟了遠方的窗，他移動於城鄉之間，讓我還能看見一些未知的什麼。

J說農舍二樓建造高度已到樹冠層，不過窗前的樹不高，未來二樓書房的窗外景，將隨天候季節不同而異。

「以後妳在二樓寫作，看到窗景不知道會不會分心？」

「現在談這個有點遙遠，我住得慣鄉下嗎？這是個問題。」

J常依照施工進度，幻想未來，有時我也隨之想像，但真實場景是他工地、農地兩頭忙，待在城市家的我只能暗暗加油，繼續在筆電虛構自己的空中樓閣。

譬如今日，他傳來菜園裡堆滿石頭的照片，說是原本規劃農舍完工後叫一卡車紅磚，想之後慢慢整理農地時使用，但挖地基的土堆，紅土礫石經過大雨沖刷，石頭裸露，紅磚可以不用買了。

自蓋農舍有許多額外支出，讓他一度非常苦惱，投入退休金和未來旅行的預算，可能還要透支。

「這個叫做計劃趕不上變化，就地取材這些石頭就能派上用場了。」

雖然只是兩句話，我在城市這頭也能感受他的欣喜徐徐而來，石頭是重的，城鄉兩地的我們卻同時揮去多雨的煩憂，有了輕盈好心情。

哪裡需要想像書房窗景，一磚一瓦都是故事。

竹筍復活記

2020.04.28，多雲時晴

傍晚時分，J提著蔬菜箱回到城市家，我們在廚房摘折空心菜，他叨叨絮絮說著今日農事，說田裡挖出的石頭可以舖路堆田埂、砌花圃、做生態池……下午還立即運用這些意外之石去幫果樹加土框架。

但大溪又下了整日雨，田地濕答答不適宜農作，他剛好轉到果樹區，拔草、修剪枝葉、搬石頭堆土，結果一路巡田巡到竹子區，這陣子事多繁忙，綠竹筍沒來得及採收，竟多數長成竹子。

「怎麼辦？不就沒竹筍吃了？」吃貨我吃不到夏天涼筍心裡泛苦。

想起去年，J初春帶回綠竹筍，在連綿冬雨的臺北，那些錐狀可愛的筍子彷彿小巧號角，輕輕吹走了心裡籠罩的烏雲。今年，竟已偷偷長成筆直的竹子，令人不敢置信。

「本來想只好等到冬天，挖土砍竹頭啊。可是，有些竹筍長得半人高，工地主任看到我在竹林苦惱，跑來指點我，傳授了好招。他說先徒手搖斷，削出竹節間的嫩竹，再用開水泡一天，去除苦味，然後瀝乾水用鹽搓過，放上一天。再將醃過一日的筍取出放入網袋，用重物壓出水份，裝密封袋放入冷藏，可以長期保存，看是以後要炒肉絲或煮湯都行，放得久會自然發酵有微酸感。」Ｊ滔滔不絕轉述著讓竹筍復活的妙招。

「哇，工地主任連這些都懂，手續有點繁瑣，但就不會浪費徒長的竹筍了。」

「對啊，種菜這個江湖，高人很多，這次就在我身邊，太幸運了。」

Ｊ在鄉間種菜後，附近農夫閒來也會跨過田地指點幾招，沒想到現在連工班師傅也是深藏不露的務農高手呢。

我想起，曾和Ｊ一起去買菜苗的育苗店，那位個子小巧玲瓏的老闆娘，每次買苗短短十幾分鐘空檔，兩人頻頻交換近日種籽育苗的各種經驗，各自從事喜歡的事，他們的雙眼都閃動著光采。

為竹筍能夠重生，寫下這則日記的我，我心深處認為鹽漬復活後的筍子遠遠不及綠竹筍幼稚時候鮮甜，不過，四月時節仍有筍可吃，該知足了。

島內小旅行

2020.05.10，天氣晴好

前些時日，J決定無論如何要離開他的田，來個島內小旅行也好，旅行魂大概和煙癮酒癮同等成癮，我們和J的同學們相約離開鎮日需要戴著口罩的城市，一起到宜蘭小旅行。

自己默認與選定的朋友群聚之風險，很簡單，有什麼問題自己擔，這是放風之必要，也是擺脫城市牢籠之必要。

往背包裝進旅行常用拖鞋、排汗T恤、防晒霜、行動電源等等，瞬間百感交集，穿上球鞋和好友們奔向明池、太平山、見晴古道等，或者過往我們花太多時間在國外長旅，山區古道存在島嶼已久，竟是初次造訪。

這麼快便能再度重溫旅行滋味，身在臺灣真是幸福，擺脫塵囂不過兩小時，好山好水就在俯仰之間。

想起疫情嚴峻的三四月，熱愛旅行的LINE群組傳來國外某父親自拍的影片，爸爸和小男孩戴著草帽拖著行李箱魚貫從跑步機履帶走過，反覆幾遍不厭煩，父子倆相視笑不可抑。

「你們真是深謀遠慮，至少有鄉下人家可以透透氣，像我上下班在辦公室、搭捷運成天都戴口罩，快忘記同事另外半張臉長什麼樣了？」J的同學C羨慕地對我說。

「其實，我們根本沒有想到會發生疫情，這哪裡能預測？不過，過動的J待在那裡種菜也好，要他整天關在家裡可能會生病，我平時只有工作才出門，影響不大。但不能旅行，心裡總是有塊空白，現在就算離開臺北，都覺得有旅行的感覺啊。」

我們相視一笑，去除口罩，暫時將疫情丟在腦後。在瀰漫薄霧的明池，在筆直山林的見晴古道，隨意談天，看見彼此清晰的表情，人生有三五好友，夫復何求。回程時透過巴士的窗眺望宜蘭濱海公路的海岸線，依然深邃美好，有些風景仍舊永恆不變，我們要有耐心等待。

從在家想像旅行到真正旅行，想重返往日情景，據相熟的旅行社老闆表示這一兩年恐怕是不可能的事，那麼，這段時間，就讓我們好好地親近臺灣的土地吧。

城市家第三隻貓

2020.05.27，多雲時晴

我們迎來城市家第三隻貓，那是與田地相鄰的大伯家母貓生產的一窩小貓之一。

作為家裡貓齡最小的貓，從田野到都市生活，看起來沒有太多失措慌張。打過預防針、短暫隔離兩三日後，三個月大的橘白貓在客廳失速衝鋒，招惹潑辣花貓姊姊，模仿美短貓哥哥，初來乍到的靦腆和禮貌牠完全沒有。

這期間帶小貓去打針和治療耳疥蟲，每天固定清潔耳朵和點耳藥兩次，昨天回診醫生說恢復得很好，但還是要持續用藥。小貓有恙，整夜喵嗚，全家包含另外兩貓，皆不能省心。

小貓非常適應乾乾填飽肚子，但是偶爾餵給牠細碎魚肉，魚鮮滋味仍讓牠不由自主砸巴砸巴大口吞嚥，或許那一瞬，牠曾想起一點點田野回憶，以及和手足挨擠在一起，那不能違背的血緣野性。

當然，身為吃貨橘白貓沒那麼多內心戲，異類哪來這麼多廢話，天天進貢鮮魚不就得了。

聽說十隻橘貓九隻胖，看著牠的好胃口，一方面安慰小貓很適應新環境，一方面又擔憂其他兩貓和牠處不來該如何是好？

迎來一隻小貓，城市家新添一口，竟召喚昔時養育新生命之憂患，但這也是自找的甜蜜。

生日願望

2020.07.05，天氣晴好

這段自肅時間，發現自己是個很需要儀式感的人。儀式感，對我而言，並非是非要有A才能抵達B然後等於C，比較近似規則或是紀律。

近來睡眠很糟，總是晚睡晚起，日食兩餐，起床會賴在床上半小時，滑一下手機，想好早午餐菜色。起床先去清貓砂幫貓碗倒乾乾，點一下三隻貓的名（或是相反）。切三片吐司，將白煮蛋切碎鋪在吐司上加起司和黑胡椒送進烤箱焗烤三分鐘，磨咖啡豆裝水煮咖啡。接下來才去盥洗。用完餐，我會看一集五十分鐘的日劇或是假裝去旅行的韓綜，順便整燙衣物。

之後，將近兩點半或三點，總算進入準備寫作的時間，為何說是準備，譬如回一下工作郵件，或學生詢問寫作問題的訊息，日久循環比薛西弗斯的巨石還可怕，我必須極有耐心地處理這些瑣事，需要文字解釋的平庸日常，也是寫作前的熱身吧。

真正可以專注在創作的時間，不用太多，關鍵是意志是否堅定。

我發覺這和我每晚練瑜珈或跳有氧全身爆汗後，身體肌肉被鍛鍊後會呈現比較順眼的伏線差不多，充分熱身也能讓混沌的頭腦完全振奮起來。

當我回覆好遠距演講的內容之後，文字語感已經自然散發氣味彷如剛烤好的瑪德蓮，馬上打開長篇小說 WORD 檔，手指不停地寫了半小時。昨天小說進度的情節正停在某個重要時刻，前一晚寫到預定的五百字，我毫不留戀地儲存關閉檔案。

但那個重要情節和人物的徬徨不安，卻跟著我睡眠又醒來，在心裡慢慢地沉下去又盪起來。

每日的心情起伏還有，在家裡任何角落不停遇見來自不同國家的紀念品，寫稿時只要切換到相簿，便是無止盡地沉淪在某一年遠遊到他方的浮光掠影。儘管這半年來，有時以島內的移動安慰身心，卻欺瞞不了靈魂深處那塊留下空白的地方……留白是為了某一天出發到某處，走陌生的路說陌生的語言吃陌生的食物，還有認識陌生的另一個我。

自肅至今，我還頗能沉醉在不需出門、也不需外出工作的真空時光，煉蠱煉丹，煉我的儀式。

J則很習慣每天去鄉下人家上下班，作為一個退休以種菜為苦樂的生活，為何說有苦而非是樂，剛開始種菜，總是偶爾被連日大雨將辛苦栽植的菜苗全部殲滅，目前他也需要在菜園自肅，好好思索務農之道。

接下來大家仍舊沒有人身自由，繼續自肅，六月初我為雙子座的小女兒艱辛地在網路預訂蛋糕，豈料因為物流塞車超過生日時間仍未送達。那時她還開玩笑說，「馬麻，妳生日那天可能還是沒有蛋糕喔，沒想到我們兩個真的過了不能出門、沒有朋友揪慶生的生日。」

我心想沒有蛋糕，少了儀式，還是可以許願啊。

年輕的時候常許一些中樂透環遊世界的淺薄願望，人至半百，歷經這場全世界蔓延的瘟疫，才知道遠遊他方有多麼不簡單，那是需要家人諸事順遂、方有餘裕擁有的願想。疫情中有太多乍然失去親人的破碎家庭，我們能在家自肅不需要憂煩生計，並非幸運，簡直是幸福徹底了。

我留個願，希望第二本長篇小說早日完工，家人健康平安，其他不能妄想，只願疫情可以早日結束，讓一切回復到日常。

看老天臉色的退休理工男

2020.09.08，晴時多雲偶陣雨

J傳來訊息說，鄉下人家午後陣雨，來得又急又快，早上沒做多少農活，已經濕身。看來蓋間小房子是正確的，雖說農舍基本上已經完工，但只是個空蕩蕩的殼，至少水電已經接好，衛浴間配備齊全，能讓J梳洗一下，否則他就得頂著一身黏膩直至下午返回城市家。

城市這方也下起雨，但那方的雨肯定痛快淋漓滋養著所有農作，還有一位來不及躲雨的新手農夫。新聞報導說，明天開始入秋同時鋒面跟著一起到來，接下來幾日都是午後陣雨的天象。

「入秋不是應該要涼爽一點？」無知的我，明知時至中秋，北部盆地也仍是炸裂的熱氣蒸騰，卻仍要喃喃抱怨。

「入秋，本來在節氣裡應該播種秋季當令的蔬菜種籽，但這麼熱的天，種籽不發芽，即使發芽，雨水過多又會爛根，唉。」

來自J的嘆息，他已經是個十足看天耕作的農人，而我，是看天洗衣的主婦，雨

日連綿，洗衣籃裡堆滿待洗潔的床單，陽台整排衣褲晾了整天還泛著濕氣。

我這微小的擔憂，按下乾衣機搬出電熨斗都能解決一二，J說，下個月即將至東部旅行幾日，該整理的不是行李箱，而是這塊田地。

「菜園裡春天種的冬瓜應該不用擔心，但是秋季蔬菜該去種下菜苗，還要除草翻土，旅行回來也該準備種高麗菜、青花椰白花椰，不然這個冬天就沒菜吃了。還有白玉蘿蔔，也沒空整地先種？不知道這個雨還要下幾天？種下的作物還要除草施肥，要做的事太多了，只好旅行回來再面對。」

J憂心忡忡的傳來一張雨中菜園照片，雨模糊了整座園子的視線，恍惚間，我彷彿看到這位新手農夫像以往上班時擔憂資訊系統進度那樣，職業病發作，想要管控好每個流程。

我想他大概一時遺忘自己現今可是看老天臉色的農夫，這並非昔日的系統整合分析工作，電腦程式都在控制範圍之內運作，天說要下雨，就無法隨便喊停，只能讓雨下個痛快。先前不是常說，種菜讓他了解人與自然必須共存？這個理工男的邏輯病又發作了？

「別想這麼多了，快去洗澡，別著涼了。管它雨要下多久，明天又是新的一天，沒菜吃，我們少吃點不就好了。」

J只回給我一個讚的大拇指，我想他聽進去無知偽農婦的話了。

勞動的幸福

2020.09.09，晴時多雲

早晨陽光從窗簾縫隙絲絲點點爬上我裸露的小腿，秋日時節，我仍然只蓋張薄被，吹著冷氣。心想J今日應該開心，出太陽了呢。

果然不久，手機就接到J傳來訊息，他要好好把握上午的好天氣：「一早我就整理第一次除草施肥時間的玉米，還有花生也得趕緊動手種下，空心菜，韭菜，大蔥趁機先剃光它再施肥，也修剪了地瓜葉。茄子、秋葵、絲瓜、胡瓜差不多沒得收成，就不管了。那個田邊的綠竹筍要請朋友幫忙採，否則全長成竹子就累了。」

還躺在枕上賴床的我，簡單回了一個字，閱。

我可沒有已讀不回呢。只是心中隱然發覺，自從鄉下人家蓋了間小房子，J更瘋魔菜園裡的每寸地都要種植他的夢想，實在太多太滿了。

這真的是他想要的退休生活嗎？

或者這是四體不動的我不能想像的境界，弄一塊田，每天將自己和農作一起曝晒整日，直到我看到J在臉書回覆朋友和我同樣的疑問。

他這麼回覆：「人的本能就是勞動，這時候有一塊地勞動也是幸福。」

走進農舍的第一步

2020.09.20，多雲時晴

夏日大暑之後，籌建經年的鄉村房子，終於完工，初次走進農舍一樓，空蕩蕩的客廳和廚房，我想起了小學開學時空曠的教室，那時老師會讓我們一起去倉庫幫忙搬課桌椅。

現在的鄉下人家正是剛剛長成小學一年級的模樣，有高度，有肩膀，準備好文具和書本就能開始展開作息，想來造訪鄉下人家的朋友總問，還缺什麼呢？

實際上，鄉村生活簡單有味，什麼都不缺，又好像還缺點什麼，也說不上來是什麼？田邊洛神花訊頻頻，秋日才來，J便念叨要空出時間，好好將這一季花朵盡數留下甜蜜。心想，得排開城裡瑣事，既是瑣事亦不得急躁，仍要一樁樁安撫。

嶄新的鄉下廚房，約莫有城市小廚房四倍大，等同城市臥室規模，敞亮清潔的空間，我卻始終找不到熟悉的位置。

真的可以這麼奢侈嗎？

簇新的廚具和鍋碗瓢盆進駐後，開一頓飯是新鮮，從田裡挖來一簍簍福山萵苣，自菜葉縫隙冒出翠綠毛蟲是新鮮，做菜會被忽然盤旋的金龜子全程監督也是新鮮。

久居城市的女子我，習慣在一坪大的廚房和簡陋的廚具挨挨擠擠，打開廚房的後門，觸眼所及也是盎然綠意，隔壁大伯家的兩棵香蕉樹垂掛著結果累累的兩大串綠蕉，只要伸手就可以摘下，更遠一些是他種植的幾排當季蔬菜，沿著排水溝邊長滿了銅錢草。前後門打開，溽暑的夏日，陣陣攜帶草葉香氣的微風在農舍浮盪，我想起了城市裡悶燒鍋一樣的家。

真的可以這麼奢侈嗎？

我們真的擁有鄉下人家了。

安睡紀念日

2020.09.25，天氣晴好

今日是J正式在鄉下人家試住一晚的紀念日。

我無法陪同前去的原因是，家徒四壁的農舍，連張床都沒有，他說我稍安勿動，等待他完成二樓的書桌和床架，我再去「驗收」成果。

「當兵的時候也是這樣，有時候夜行軍，連馬路都能睡，我邊鋪設農舍的地板邊找地方睡，不是睡水泥地上已經很幸福了。」J正在學習做家具，為了節省往返時間，席地而睡反而毋需掛心菜園農作和製作家具的進度。

男人有個話題不能隨意開啟，當兵是其一，J有三個話題不能隨意開啟，當兵、種菜、蓋農舍，我想現在還要加上手作家具。

他笑說不想和姊姊家一樣讓木工師傅裝潢，他想靠自己倉頡造字那樣慢慢布置鄉下人家。

三層樓的農舍，J想讓一樓保持水泥地原貌，他考慮到日後進出較方便，不必拘泥渾身泥土弄髒地板，再則他不喜歡鋪設磁磚，唯恐日後熱脹冷縮、磁磚可能爆裂之風險。餘下二三樓，他則親自動手鋪上木質地板，之前已有鋪設經驗，不消三日地板工程已全數完工。

當晚，他半夜興奮地傳訊息給我說，躺在二樓落地門旁睡覺，還能看到星星堆滿天際，但此刻無夏夜蛙鳴，窗外出奇安靜，偶有陣陣風聲。

「是不是太安靜，不習慣？」隔天一早我看到訊息回覆他。

「還好，白天做家具太累，看完星星三秒就打呼。」

看完簡單回覆，噗哧笑出來，我可以想像疲累的他瞬間睡著的模樣。這陣子，即便J回到城市家，吃完晚餐，水果尚未端上桌，他已歪頭秒睡在沙發那頭，貓也窩在他旁邊睡得香甜，真是印證了俗話所說只當這個家是旅館。

隔日清晨，陽光初露鋒芒，J即不見人影，他開著車又衝到鄉下人家忙碌農事和木作了。

我也想像過，倘若從鄉間醒來是什麼情景，真的變成農婦的我，不知是否能操持農事？光是想像完工後的農舍，有三層樓透天的建築，需要打掃清潔的空間和家務，以及收成的作物需要打理……

我現在必須停止，光是想像，為什麼就開始有濃厚的疲累感往身上逐步攀爬呢？

J的木作課

2020.09.30，天氣晴好

J說近日鄉下人家非常嘈雜，連他想在二樓躺椅午睡小歇都不成，窗外總有紛紛擾擾聲，那是裝潢隔壁姊姊的工人們正在搬運木材或調動機具。

人家忙工事，他忙農事，於他而言餐桌生活更重要。他覺得自己栽植的作物，沒有施肥雖然長相醜怪，但接近幼時所吃沒有經過改良的食物原味，自給自食，這是他想要的產地直上餐桌的鮮甜滋味。

我們常在餐桌上，品評新鮮採摘的蔬菜，J說這一年多來的農作紀錄，曾嘗試以種植育苗為基準分類，大致可分為秋冬與春夏二個農作期的不斷循環。譬如九月至二月是冬季蔬菜，三月至八月則是夏日瓜果，其他如果樹，一年生或多年生的作物，就不需如此分類。季節交替期間還可種地瓜葉空心菜及A菜，跨在夏冬這二期的作物則有筊白筍、綠竹筍、香蕉、木瓜等。

J如數家珍說完這一兩年的種菜心得，我想他的退休生活已經足夠充實，種菜、蓋農舍之餘，他竟發驚人之語。

「接下來，全部的家具我都想自己做。」

「我以為你只是隨口說著玩，沒想到是玩真的？你還不夠忙嗎？」我張口結舌望著一副認真行事的J。

「我現在每天都在偷學木工師傅的手藝，虛心向學，希望他有教無類，趕工時，他實在很忙，就叫我自己玩玩看，感覺很隨便？不過師傅人很好，常教我如何使用工具和木料。」

J的木作老師是裝潢隔壁姊姊家的木工師傅，一開始是他在師傅旁邊跟前跟後問個不停，後來不知道是被真心感動還是被纏到厭煩，師傅每天都教他一點，裝潢工作持續了快兩個月，J也快速傳承了木工絕學。

「師傅說，做所有家具的原理都差不多，趁裝潢工程還沒完工，我也趕緊開始做我們家的，師傅有空還可以過來指點我。」

他第一個傑作是床，先有床，方能安居，可以稱作是J老派的浪漫嗎？

接下來，我不停收到J傳來不同階段的木作照片，首先是將木格條釘成目字狀，在目字上再交錯十字狀，釘牢後，是四個仿舊的結實床腳。說到「仿舊的」床腳有個資源回收再利用的故事，那是工地主任載來廢木料。十幾根回收再利用的上好木料成為四張雙人床的床腳、一樓幾張長凳短凳的椅腳，以及二樓長書桌桌腳和長椅的椅腳，自然仿舊的色澤，讓簇新的農舍與家具呈現新舊衝突、無縫融合的氛圍。

J今日傳來床架已竣工的照片，看起來有模有樣，我回傳訊息：「有事你先擔，先睡看看會不會垮？我再去睡。」

就這樣，J紮實地上了一個短期木作課程，天天實作練習，日日有師傅一對一指導。外人看似他又要種菜又要做家具，跟瘋子似的，J卻樂在其中。他說難得師傅願意手把手教他，以前曾想退休後去社區大學上木作課，想了很多年，這次終於成真了。

當我收到書桌的實體照片，驚訝地看著寫作二十年來總是將就餐桌書寫的我，終於擁有了兩公尺長的棕色玻璃桌面書桌，如夢似幻，有種不真實的感覺，真是屬於我的嗎？

「哇，真的做出了書桌，太厲害了！怎麼會有這麼大的玻璃桌面？」

老夫老妻其實對方為自己做什麼事，總是在心中感謝居多，鮮少直接誇讚，但這次實在忍不住讚嘆J。

「我哪有本事去弄這張玻璃，是鋁門窗師傅剛好拆除一個園藝店拉門，覺得整張強化玻璃丟掉也可惜，又搬回來給我看看做什麼好？靈機一動，想說不如當作書桌的桌面，就為這面玻璃量身訂做了書桌，釘上一塊厚木板當作透明抽屜，再加上桌腳就成了。」

「我只能叫你天才。世界如果要末日，只有你能存活，會種菜又會做家具。」

「欸，過兩天妳有空來看，我還有更天才的家具。」

隔著電話，彷彿都能感受到J得意的微笑，一手為自己的家打造家具，這應該不在他的退休計畫內，然而計畫之外的事，永遠會讓人驚奇、難以忘懷。

木工師傅的關門弟子

2020.10.05，天氣晴好

沉浸在木作工程的J，已好幾日沒回城市家，今日我沒課，終於得空，他說如果想來看看「更天才的家具」可以自行搭客運至大溪交流道，他再開車來接我。下交流道，客運站牌旁的便利商店等待J來，買了兩杯冰美式，想想，應該再多買一杯給師傅致謝。

距離上次來農舍，匆匆又是半月，那時還空蕩蕩的一樓，中央放置了我很眼熟的木工專用工作桌，鑲嵌著鋸台的工字形木桌。

回憶瞬間撲面而來，小時候常在父親的工地看到這樣的桌子，工人會在上面鋸木料，用木材抵住工字邊緣劃線，放飯時，工作桌又變身為飯桌。那時，覺得無所不能的父親，什麼家具都能做得出來真是諷刺的伏筆，他自遺棄小孩至離婚遠走、消失無蹤，現身之後的確盡顯無能。

「哇，你連木工專用的工作桌都有，很專業喔。」我很快地轉換回憶的情緒，興奮的口吻應該看不出絲毫閃神。

「師傅留給我的，他們裝潢工程快結束了，大型的工作桌他們會撤走，他說留張小的給我，讓我繼續玩，哈。」J的語意洋溢著被師傅寵愛的感覺。

走到二樓書房，一眼望去就是照片裡那張棕色玻璃的長桌，我摸摸桌面，果然是兩面膠合在一起的強化玻璃，這張堅固的書桌，當成床來睡也不成問題吧。

「不錯，你想到新用途，可以睡睡看。」

「開玩笑啦，你說的『更天才』的家具在哪裡？」

「後面啊，你沒看到書桌另一端這組小桌椅嗎？」

「咦？這張椅子上的毯子好面熟，是我們去土耳其買的床邊毯嗎？」我邊說邊掀起毯子，發現下面是結實的木製長椅，「哇，你為這張毯子做了這張椅子，這裡也可以躺著睡覺。」買了一兩年的毯子終於有用途了。

「哈哈，妳怎麼每個地方都想躺著睡覺。更天才的在這裡，有看見嗎？」

J指著長木椅前方兩張小茶几，桌面類似大理石，可是又鑽著螺絲釘，我上下左右審視這兩張茶几，看不出「天才」之處？

「不可能吧，你為了做這兩張去買大理石？大理石怎麼能鑽螺絲釘？」我雖愚鈍不會做家具，但我可是木工的女兒，小時候跟著我爸進出過大小工地，從未見過這種天才家具。

「對，不可能買大理石，這是從廚房流理台洗手槽切割下來的兩塊仿大理石的材料，我們和姊姊家各一塊，想說丟掉可惜，問師傅可以用電動螺絲鑽嗎？他說可以。

我就試著鑽鑽看，沒想到還挺簡單的，所以就廢物利用做了這兩張茶几。」
「天啊，真是天才。你師傅肯定也覺得你很天才。」
「你怎麼知道，他讚不絕口，現在有什麼東西要丟掉，都先來問我可以變成什麼嗎？」

接下來，J細數著頂樓還缺晒衣架，他在鐵工施工期間已經先用剩料鑄成底座，今天再用搭棚的鋼管以及砍下的竹子組合，準備DIY晒衣架。

接下來，他還想做什麼，我都不覺訝異，他真的在實踐玩房子，而不是被房子玩，也在貫徹做家具，而不是只會做家具。J的家具厚重樸實，不像我的父親做的家具總是有許多華麗飾邊，像在掩飾什麼。

「要來驗收三樓的床嗎？」J在二樓陽台喊著忙著搬運木料的師傅。

不久，師傅登上了三樓，隨處看看隨手摸摸，一面點頭似在讚許，我趕緊奉上水果切盤謝師，趁機問師傅，覺得這個徒弟的家具做得合格嗎？

只見他略微靦腆語速緩慢地說，「不錯啊，短時間能做成這樣很厲害了。最重要，是有心學，現在已經沒人要學木工了。」

最後的感嘆，彷彿一個世代的手藝即將凋零，而有個半路出家熱愛木作的關門弟子，至少能讓師傅感到不致遺憾。

來鄉下人家住一晚

2020.10.13，天氣晴好

J後來又在家具漸漸擴增的農舍度過無數次夜晚，他說對農夫而言鄉村已無新鮮事，而是每天都有新考驗。

首先要精算垃圾車抵達鄉間小路路口時間，這和城市家大樓社區有垃圾箱不同，好幾次還要拎著垃圾追著垃圾車。再來就是看庭院照明的廣度及亮度，還有頂樓太陽能板照明啟動狀況，還要測試廚房瓦斯爐，洗衣機運轉排水情況、浴室插電熱水器溫度……

他喃喃說著在鄉間過夜瑣事，其實是換個意思告知，這個我一手打造的家，全都通過試驗，床沒有崩塌，洗澡水是熱的，瓦斯爐能做飯，每盞燈都是亮的，妳什麼時候要來鄉下住一晚呢？

那麼，就是沒有邀稿沒有課程的這週吧。準備好背包，裝進兩日的換洗衣物，心情和去住民宿差不多，好友笑說，這是不需要費用的民宿。

走過幾十次的鄉間小徑，走進一樓還沒有桌椅空曠的客廳、廚房，走上二樓我的書房、臥室，三樓則是更衣室和三間客房，風景和一樓截然不同。J已將二三樓填上床架和床邊小桌，書房除了之前「拆除廢棄大門再利用的環保書桌」也長出牆邊小書架，是他拾綴剩餘木板、木條釘製而成。特別囑咐他，我只要一個小書架，放置正在閱讀或備課用的書籍即可，城市家有上千本藏書，J預備在農舍地下室進行更浩大的小型圖書館工程，屆時可以將書轉運於此。

我不敢想像藏書如何浩大的裝箱搬遷，先處理眼前的家居清潔為要。趴在他鋪好的木質地板上擦地，許多角落皆有蜘蛛結網，還有不知名的小蟲子匍匐在蛛網上已然乾枯，每擦一個區域就伴隨小聲尖叫，不敢置信，怕蟲子的我真要居住在鄉村了。

「妳帶的被子會不會太薄，農地附近算是空曠，入夜溫度會快速下滑喔。這邊還有朋友送的床組，覺得太冷，就拿來用吧。」

J說，木作時，同時也要預想農舍的冷暖系統，他想起小時候，太陽落下會去自家屋頂便灑水降溫。農舍這裡的冷氣選項應該可以排除，請水電預留管線就好。夏天就選擇增加吊扇來對流空氣，220V 比較省電。

「我還查網路，爬了許多文，吊扇要去實體店面看過才能決定使用哪一種。這裡沒有天然瓦斯管線，二三樓只好選電熱水器，跟水電師傅商量留個閥門，暫且二三樓共同就好。」J滿頭是汗說著往後的計畫。

打著赤膊的他，剛收拾完一樓的木作，來看看房間整理得如何，穿著短褲的J，晒得黝黑，說是野人也有人相信吧。

他喝了口水，繼續叨叨絮絮地補充，「還有一些工具，材料得先研究，電動工具有些可以從網路入手，還有好友提供了軍工刀鋸、電鑽起子、磨砂機、噴漆器，每樣都買這個預算也是很驚人。木材或角鋼的搭配該去實體店面看看，尤其是木材要先買來放，新材容易變型，角鋼價格也需要評估，怎麼事情這麼多啊。」

「你不就想要自己打造這個鄉下的家，自找自受啊。」我打趣地開他玩笑。

「一件件慢慢做吧，總是有做完的時候，我現在就是晴天種菜，雨天做木工，時間都不浪費，很有效率的。」

「太有紀律，我只是擦個兩層樓地板就累到不成人形，快點梳洗來睡覺比較實在。」

我帶了一套舊床組，將二樓主臥裝置成習慣睡眠的空間，床單、枕頭套、蓋上有自己氣味的薄被，像隻貓需要安心的窩那樣，不到三分鐘便沉沉地睡著了。或許，白天打掃二三層樓太過勞累，缺乏運動的我，光是上下樓梯有十幾趟，拿了這個就忘了那個，在自家農舍步數破三千也是奇葩。

直至清晨雞鳴喚醒我，看一下手機不到六點，就這樣擁有我的鄉下人家初次的睡眠紀念日。

虛擬旅行時光

2020.10.17，天氣多雲

農舍蓋好後，所有旅行紀念物件悉數被J搬運到鄉下人家了。他運用來自不同國度的物件將這間矗立在田野中的小房子，妝點成一幢寫滿異國風情的故事屋。

這週因為有篇重要的長稿和旅行相關，農舍有些家務也需要整理，拎著筆電來到百廢待舉的農舍住幾天。

「那裡洗澡熱水夠熱嗎？瓦斯爐裝好你有煮過菜嗎？洗衣機運轉OK？」我只關心民生瑣事，J說洗澡吃飯都沒問題，只是農舍過於空曠無太多家具，連說話都有回音，他預先做好了二樓書房的書桌和小書架，足以讓我寫稿沒問題。

這算是初次在鄉下人家住較長的時間，也是初次能在那裡寫出像樣的一篇散文。或者是已逐漸適應鄉野的創作磁場，但不多時，打開筆電進入創作時空，煩惱寫不出已拋到腦後，年輕的我可是連嘈雜的速食店都寫上整日的人哪，又有哪裡不能寫的道理？

國境封鎖，已許久無法出國旅行，卻接到一篇旅行長篇邀稿，不覺有些荒謬。人在家中坐，卻得回憶旅行時的陽光、空氣和風，那些往日品嚐的異國滋味，這不是折磨什麼是折磨？

從未寫過長字數的旅記，寫到一半發覺無法採取隨筆架構，或者改為編年史的卷軸，隨意展開即是十年來輾轉抵達某處，又從某處歸返，有如候鳥或鮭魚洄流，無論去到何方最終仍喜歡這個自由美麗的海島。這麼一轉場，無法步履行至遠方的指尖，滑出了字字句句。

J在農舍二樓牆上，黏貼著世界地圖，上面以朋友餽贈的木刻迷你企鵝、小狗小貓標誌著我們曾征服的領地。

寫到眼乏身倦，隨意指點牆上的海洋和陸地，想去的地方太多，傾家蕩產也完成不了，預支下輩子時間也不夠，難免悵惘。這時瞥見放在書架上，希臘帶回的陶瓷小房子，若是點起蠟燭，是不是從房舍的窗櫺探出頭就能看見當地山坡上緊緊挨靠的一幢幢可愛小房，是不是從衛城小房翻動的時間格裡，剛好捕捉到那個趁著無人空檔和斷垣殘壁留影的你和我呢？

還想起搭著船在米克諾斯島靠岸時，沿著海岸線一幢幢雪白雪白積木般的房屋，其中也錯落著藍莓屋頂或柳橙黃牆，午後的陽光照耀著彷彿樂高堆出來的甜點世界，初見希臘小島景致的旅伴們同聲驚嘆著。

當然還有跳島搭船到聖托里尼島那日，我的行李竟然被遺忘在上個小島的旅館，但我絲毫不在乎，還有下一班船哪。

而當時我們提前抵達晚餐傍山而建的餐館，夕陽正美，大把大把灑落在桌椅和餐盤，將每個人細細描上淡淡的金邊，在一旁玩耍的小貓咪也蒙上檸檬黃的奶油光芒。

這一切，彷如夢境，都留在二〇一九那年的時光夾層，不知何時才能重返異地？

可不可以這樣虛擬旅行時光呢？我問可愛的希臘小房子們。

只聽見小房子說不要玩物喪志快快去寫稿吧。

沒有的生活

2020.10.28，天氣晴好

做為鄉下人家，學會第一件事，跟隨雞那樣早起，不過人的生活。

但是，門前搖擺的竹葉梢，總要考我風動心不動，這是個難題。

記得初次在鄉村過夜，隔天怎麼調整鬧鐘皆為無用，附近有雞，更遠那方亦有雞，不知名的方向仍然有雞，牠們才是主宰這方鄉土的時間。

如何不懼有雞司晨，亦無從掌握想要幾點起床吃早午餐喝咖啡這些大城思維，初始有點慌，心旁荒蕪的空曠，無所依歸那樣的慌。

趁天光正烈，先至頂樓晾好床單，再轉進儲藏室收納雜物，忍不住瞥向毫無音訊的手機，還是慌，靜寂的透天厝唯有拉扯格架刷動除塵袋的聲響。捧著待更換的被褥一階一階下樓，決定所有動作都放慢倍速，我現在可是時間富人哪。

回到房間鋪好床拍拍枕頭，太陽烘烤過的香氣由棉絮底層蹦出來，信步移往窗邊望向大池那頭蓊鬱蔥蔥的落羽松，距離針葉轉紅的冬日還有兩三個月，我在急什麼呢？

剛到鄉間生活的我，身上還旋轉著城市節奏的發條吧。

決定先去廚房清洗餐後的杯盤，大部分餐具都是朋友家中長物慨然贈予，大小不一、花樣百出不成套，我得想一下如何堆疊在瀝水槽架裡，像是本來就長住此地。

後來，J抱來芽菜箱說，全孵好了，給妳收割吧。他的口吻彷彿裝滿雞蛋的箱子，開啟後會有一群毛茸茸的小雞仔打招呼。

然而，開箱後攻擊眼球的卻是，宛若萬物生長的異星球，爭相冒出的篷篷豆芽，各有出路。先取來剪刀沿著根部悉數收下綠豆芽，密集蔓生的隔板僅剩雪白根鬚彼此糾纏，站在水槽前也不清楚忙了多久，不爭氣的腰有些僵硬。剛剛還非常在乎的時間，也不想算計了。

手指穩妥地捏起豆芽，如線如縷，穿進時間縫隙，心，好像也不慌了。

秋末之光，四面而來，這是我正式在鄉居的第一個季節。

不多時，J又摘來一筐生菜，他說菜葉老了，沒想到幾日就長出斑點，放進麵湯作配菜吧。

前些時候我還喜孜孜沿著羅蔓萵苣外圍摘下一些碩大葉片，就著手作吐司夾進太陽蛋和一蓬蓬生菜，產地直送餐桌的青翠，大口嚼食就是鮮甜，沒想到，後續天氣轉熱，生菜竟飛快步入老年。

「沒想到⋯⋯這幾顆藏在底下的草莓，已經當了蟲子的甜點啦。」J在菜園網室那頭扯著喉嚨說。

究竟還有多少沒想到……來到鄉間，我總是沒想到，沒想到還可以這樣生活，還能不要這樣生活。

清晨約莫五點有雞叫喚，晌午門前竹葉頂稍有雀鳥啁啾，有路人經過門口村狗會叫吠，夜晚將息田埂水間偶有蟲嘶蛙鳴，一切靜寂的時刻，連自己呼吸吐納都如此清晰可聞。

在鄉村生活的確不該惦記時間。

不曾擁有的，一旦擁有，失去某些規矩，更加感受到平靜與喜悅，本來沒有的生活，開始展開了。

2021

這些人這些故事

鄉下人家的原生作物

2021.01.05，天氣多雲

J傍晚返回城市的家，興致勃勃地從蔬菜箱裡拿出幾顆長型的作物問我：「你猜這是什麼？」

「很瘦的地瓜。」

通常J特別「拷問」的作物，不是我想的那種，但依照淺薄認知，也只能回答我所知道的那種。這些傻瓜問答遊戲，配合新手農夫偶爾玩一下，算是偽農婦的善良。

「不是，是樹薯，也可以叫木薯。地瓜也算對一半，它們可能是地瓜或馬鈴薯的親戚。」

答對一半，讓偽農婦頓時有點興致追問，「這個好吃嗎？」

「等下吃吃看就知道了。」

晚餐時分，端上桌的是樹薯煮排骨湯，口感也很特別，有筍的纖維又有薯塊的口感，稍微有點糯米的黏稠感，滋味神妙。我和J彷彿品嚐三星料理，輪流敘述樹薯初體驗，像是在無人島發現珍稀食材，一鍋湯頃刻見底。

「你怎麼知道這個能吃？」

J露出神秘微笑，這個笑容太熟悉了，那代表這東西就是他的傑作，又不是他的傑作，介於似有若無之間，無法歸類的成就。他就會配戴這般神情。

「其實去年剛開始種菜，大哥就給了幾截樹薯讓我種看看，但是忙農事又忙著蓋農舍，也忘了究竟種到哪裡去？完全遺忘我有種這個東西。今天整地要種咖啡樹，挖著挖著樹薯就出現了，收成的個頭還不錯呢。用『形色』App一查，這不就是大哥給的樹薯，又查了相關資料，原來樹薯也是南美洲的主食之一，搞不好我們幾年前去南美旅行也吃過，只是不知道那是什麼，當時也以為是地瓜吧。」

「我喜歡這個纖維的口感，感覺是非常健康的原型澱粉，你可以多種一點。」吃貨我，一向對澱粉類作物如南瓜、芋頭、地瓜、玉米格外偏愛，平日也多關注它們在菜園裡的生長動態。

「口感上，膳食纖維應該比地瓜還多。但是，大哥說，最珍貴的是樹薯本就存在於那塊土地的原生植物，你想想看，我和大哥都還沒退休，樹薯就已經住在那裡，等著我們發現它。之前發現菜園有原生種楊梅、原生種橄欖，現在又增加了天然作物樹薯，不知道田裡還有什麼原生種啊？」

描述著鄉下人家原生作物的J，讓我想到古老的童話故事，有個辛勤工作的農夫不分晴雨賣力地開墾荒地，長久種不出什麼經濟作物，有天竟然在田裡挖到一罈金子，從此成為富人。

正在收拾餐桌的我，順口說了這個童話故事。

「然後呢？」J竟然也順著故事發問。

「然後他就用金子為長久跟他吃苦餓肚子的妻女買了房子和綾羅綢緞啊。」

「聽妳瞎編，應該是將金子定存起來才對。然後繼續種田。」理工腦的J即便成為農夫，還是非常務實地將童話故事中的金子做好理財規劃。

偽農婦我只好也非常識相地祝福他，早日再發現田裡的原生種，但也不要放棄挖到金子的可能。

育苗店的女性主義

2021.01.24，天氣晴好

擺在城市家廚房牆邊的酪梨苗成長龜慢，那是J留下的巨大酪梨籽預備長出芽便帶去鄉下人家栽種。每天站在水槽洗滌蔬果碗盤，總下意識望著長不高的酪梨苗，我想這樹苗大概不想住在這裡吧。

這時，就想到鄉下人家附近那家育苗店，隔三差五，我們總要四訪五訪，我和J都喜歡和老闆娘聊天。

剛開始的買賣關係，像是愛情，彼此懷疑對方的忠誠。

誇她的苗長得好，她不動顏色，俐落整理苗株的手指不曾停歇，剪刀喀擦喀擦整排培養小盆落進袋子遞上，方回過頭閒淡回我，這些苗都我先生種的不是我。

語意看似防備，後來得知老闆娘也愛農作，有朋友整出畸零地讓她栽植蔬菜，或者盛讚都給男人領走，她只能遠離土地日日看店心中略有不平吧。

個小玲瓏的老闆娘總戴紅色漁夫帽配上口罩和袖套，厚重的夾棉背心綁著撞色圍裙，讓人注目的還有雨鞋。她的腳特別小，在店面縱橫移動十分靈活，經常以為她還在苗架那頭，倏忽卻瞥見她好整以暇返回櫃台抬起手指按著計算機了。

J說，買培育好的菜苗可降低失敗率，豈料世事不讓人如意，有時整批菜苗成為蝸牛吃到飽的盛宴。隨之老天爺也不讓人稱心，冬季剛播種菜苗只需來個北極急凍寒流，蜷縮的菜寶寶只得在想像中變胖又變高，夏日颱風吹拂酷暑乾癟陣亡的苗亦不少。

不論小店小攤，只要有買賣關係的陌生接觸，我慣常喜歡和店家老闆問東問西問營生小事。不過，每回要到育苗店我總是格外期待，或許，因為那是有生命的店，店是活的，菜苗和人都是生意盎然。

「有沒有什麼苗特別難培育啊？」有次無心地探問老闆娘。

她頭也不抬忙著分株架上的小苗說，「沒有，所有的苗都一樣。」

但又忽然意味深長望了我一眼，那眼神像是補述：只有你們這種半路出家玩農事的都市人，才會將種菜育苗分成容易和困難的，對我們來說，所有的苗都一樣，耐心照顧呵護，愛它就長得高長得好。我回望著她，也自行補述。

每回見她沉靜利索的搬運種苗，總浮現一幅屬於育苗店的女性主義，那是我不需要自己的房間，我的種苗就是我的世界的極致自信。

一日，我和J又去店裡採買些高麗菜苗，預備栽種後，能在春日時分採收。老闆娘仍是夾棉背心紅圍裙束身，踩著紫紅短筒雨鞋奔進奔出，只見她俐落地將育苗的黑色塑膠盆整排剝除，悉數裝進袋子。

「咦?你們都不用上班啊?」她像是想到什麼抬起頭問。

我們相視大笑，J立即回覆，「我們現在就是在上班啊，買了苗，快些種下去，這個工作得非常有效率啊。」

J描述效率的眉眼同時飛揚笑意，絕非以往被電腦報表工作曲線制約的苦笑，也不是那種即使感受到快樂的事，總是迅速笑臉一抹而逝，無法容許自己過於歡愉的緊繃。

相較他退休前幾年，鎮日被電腦背包緊壓的肩頭，眉間始終鬆不開的眉，不分日夜和休假總是講不完的電話，連在國外度假都要抓緊空檔越洋開會，那種工作效率絕對不可能讓他嘴角浮現此刻這種弧度吧。

老闆娘不語，口罩下的嘴角是否浮現笑意亦不可知，大疫來時這一年，我們蒙著半張臉，看不見的半張臉，只能猜測。

有次評審工作繁重，又有半月未能涉足鄉下人家，一面閱讀厚重稿件一面掛念網室裡新生的草莓是否安好?

「欸，育苗店老闆娘問妳最近怎麼都沒來?」手機忽然冒出J的訊息。

瞬間，我有種被老朋友思念的甜蜜感，立即和J說，明天就搭客運去，來交流道下站牌接我去育苗店。

剛好J也決定再去補充一批菜苗，我一見老闆娘便微笑說，我來了喔。她毫無表情的將苗株細心裝袋，餘光瞥著半蹲一旁忙著為南瓜苗拍照的我，呶呶嘴問J，這個，會幫忙嗎？

我們再次相視大笑，J忙不迭回說，她會幫忙吃。

這回三人都點頭同意我的貢獻，有人種菜就有人讚美豐收並幫忙殲滅，農夫才有成就感嘛。

將新購菜苗妥善置放後座，我們得趕在鄰近工廠下班車潮前回返鄉下人家。在車上我們回味老闆娘看似冷淡、內裡熱情的反應，不禁莞爾。途經鎮上的五金超市，J停車，說去試一雙短筒雨鞋，他說日後去菜園摘菜穿著雨鞋比較安全。

J鮮少送我禮物，到菜園數次，我總是穿著球鞋，像是去踏青或是體驗自然生態的城市鄉巴佬，他也只讓我幫忙摘草莓或小番茄這類少女心噴發的農趣活。

當我踩著紫紅小格紋雨鞋在五金超市走道來回踱步，揣想一位農婦該如何走路，腳下的鞋有些面熟，啊，像極育苗店老闆娘那雙。

穿上這雙鞋彷彿標誌著來到鄉村安居的我，從此，開始作為農婦的生活。

在自家廚房套著雨鞋走來走去，果真安適且抓地力強勁。或許，下次我可以跟育苗店的老闆娘說說，菜園的重活可能越幫越忙，但穿著這雙雨鞋，至少可以幫幫遠離城市來到鄉間的那個我，走得更穩妥。

人與神的故事

2021.02.01，天氣晴好

歲末年終，清掃家居也清掃這一年來累積在心裡的愛別離、怨憎會、求不得之苦，生老病死皆是順應天命，早已不糾結於心，放不下的皆是貪嗔痴。馬齒徒長，智慧不長，年年感嘆。

新年第一天，大腦彷彿無法清除瀏覽記錄，細數疫情開始的二〇二〇年，這個世界的改變真是翻天覆地。

回顧去年，除了仍然日日寫作與改為線上教學，疫情自肅在家冗長的時間，唯一成長，竟自學成功並愛上烘焙，並且持續至今仍未移情別戀。我的甜點世界沒有甜蜜，唯有清爽半糖，沒有噴香奶油，唯有健康的橄欖油。蛋糕出爐剎那類似作品刊登在副刊，那些字句排列組合在我這裡是蛋白霜和牛奶水果產生的化學作用，那是充滿趣味又有實驗性的遊戲。

J卻有了巨大改變，先不說從退休動念種菜到和姊夫一起合蓋了農舍，而今，還成為馬祖宗教信仰的倡議者與協力者。

這個轉變還是得從搬到鄉下人家說起，去年田裡的小房子施工期間一度不順，人的問題最是難纏，姊姊建議是否前往龍山寺祈求建設順遂。那是J的家族從馬祖遷移來臺灣的第一處居所桃園八德，位於當地的龍山寺也成為移民至臺的馬祖居民的身心所依，家有大小事均會前往請示寺廟的神明旨意。

農舍終於順利竣工後，去年底J和姊姊特地備好幾樣水果前往八德龍山寺答謝諸位神明庇護工程期間無災無難平安完成，而廟裡經常讓信眾問事解惑的陳將軍，竟然在接受J答謝後，在神桌上寫下「人」字回覆。

J不解的問：「人？是什麼意思？」

負責解讀陳將軍旨意的神轎兵將微笑翻譯：「陳將軍想要你，要你幫忙廟裡的事。」

「我，我不懂廟需要做什麼啊？但需要幫忙一定會幫忙的。」

理所當然覺得神明旨意不可違逆，J順口應允，之後慢慢發現，陳將軍要的「人」意涵深邃，不僅是要他協助廟中行政事務，也要幫忙改革創新，以及讓更多年輕人了解馬祖的宗教信仰在飄洋過海遷徙至臺灣的歷史脈絡，讓更多人理解信仰的真義，而非盲目的求神拜佛。

「廟裡的事不會做，就做中學吧。一開始也不會種菜，慢慢的，總是會有成果的。」

「所以神明要的人，真的只能是你嗎？你不是要退休，為何要攬事讓自己更忙？」我實在不理解的一再問J。

「再怎麼忙都不會比以前上班忙，不要問要做的是何事，總之幸運看待。」

漸信天命的J感嘆，去年實在是全人類共業的一年。原本小女兒在英國唸碩士，學校忽然宣布關閉倉促讓所有留學生返國，一路考驗均化險為夷。又走過蓋農舍的風風雨雨，連申請合法證照都可以一朝數變，只能慶幸大化小，小化無，一切平安度過。或許真有神明護持，他真心感謝。

鄉下人家一旁小路盡頭也有座土地公廟，一旁立有「食飽盲」詔安客語的解說，我們陪朋友在附近散步時，J說農舍附近只知道很多人家姓黃，走一趟土地公廟才知道是漳州詔安黃姓家族來臺落腳的聚落。平鎮地區還有永昌宮，那天天公爐安爐大典及廟埕活動，鄰長還特地通知來鬥熱鬧。

臺灣有人居住之處，一鄉十里肯定有廟，我想神之所以存在於人的世界，並非是讓我們盲目的信仰，更多是擔任心理諮商的角色，傾聽世間疾苦，同時也打破神與人的距離，一同共享平安喜樂。

最終J還是接下了龍山寺的總幹事職務，那也是大伯之前協助廟方重建工程的延續，好似傳承一般，兩兄弟原來各事一方，他是公務員，J是科技產業，各有擅長，如今卻因馬祖信仰文化的深耕和改革而走到一起。

我不想說這是神蹟，但若有冥冥中的安排，此為最神妙之處，沉默少言的大伯，和相距十二歲的么弟除了種菜之外，又多了共通話題。人與人之間，成為好友談話也要知心，即使是家人有時疏於往來也容易無話可說。

有時J和大伯請益過往廟務經驗、人事安頓等等，我在一旁聆聽，有的玄奇，有的唏噓，真切感受這段人與神的故事，好像才剛剛開始。

讓日光讀書

2021.02.21，多雲時晴

近日陸續將城市家積累的書籍、一些衣物，螞蟻搬家那樣，只要隨著J到農舍，就搬個兩三箱。

J說，這疫情看來一年半載也不可能結束，不如換「城二鄉五」，我們多數時間住在鄉下人家，兩天安排至醫院回診或到銀行辦理一些不得不在城市完成的事務。他在剛剛蓋好的農舍，忙裡忙外，外面菜園百廢待舉，該重新犁地養地準備冬季的播種，預備興建更大的雞舍也得尋找適合的建材。

我有時在三樓更衣室整理好友慨然餽贈的日用品，床組寢具需要重新洗滌曝晒、再收納，我和J的衣物也要分別整理進抽屜格架，搬家這個大工程，於我而言，分母巨大，分子數累積緩慢。

回到二樓，則是將紙箱中的書全都放在地板上曝晒陽光，有時明明在晒書，最後卻不知不覺在看書，那是久別重逢「原來你在這裡」的喜悅感受，譬如之前遍尋不著的《瓦爾登湖》現身。

梭羅這麼說：「我們每一天努力忙碌，用力生活，卻總在不知不覺間遺失了什麼。這是隱居者的寂寞日記，卻將浮世與人生看得真真切切。有時，我們需要的只是一顆靜下來的心。」

就著二樓落地門投射的日光，讀到這些段落，彷彿指涉剛剛來到此地生活的我，為什麼慌張的心還靜不下來呢？

被口罩主宰的人生還過多久？

2021.03.05，晴時多雲

疫情期間，我們將活動範圍減省到兩點一線，只在鄉下人家和城市家移動，但偶爾需要去高風險之處，口罩就顯得彌足珍貴。

「妳那邊有口罩的話，明天我需要，之前預約了得去醫院抽血檢查。」原本在床邊閱讀睡前書的J忽然對我說。

「還好之前旅行習慣買兩包口罩備用，大掃除時清點了存量，有二十幾個，應該能撐一下。」

得到肯定回覆，他滿意地繼續看書，我喜孜孜去櫥櫃取出一個放在玄關桌上預備J隔天使用，隨即去刷牙。不到十秒，思考到一個嚴重的問題，那個口罩是女生專用的「小臉」款式，而且還是防止花粉的……

忍著笑，洗好澡，J已入睡，我默默比較一下他的臉和口罩尺寸，再將所有存貨翻出來檢查，還好去年十一月去日本買到一包正常版口罩，可以先頂著給他用。沒有戴口罩習慣的他和我家的貓一樣討厭束縛，平日購買鮮少考慮他的需求，而我預備的口罩大多在飛機上使用，因為長年鼻子過敏的緣故，對機艙空氣總是格外敏感。

隔天J要出門時，我說起昨日差點給了他女生專用的小臉口罩，還好及時發現更換。

他毫不在乎表示，「隨便啦，小臉專用有什麼關係？去醫院不戴不行，不然我也不愛戴。」

「你還是乖乖聽話吧。現在不戴口罩會被人檢舉和處罰，你不想保護自己，也要保護別人啊。」

說到戴口罩，J有一肚子怨氣，還好有鄉下人家可去，若是他尚未退休，不可能擁有要戴不戴的自由。

「去年我到工地，第一時間都會告知工人們，我可是昨天去過醫院，到處亂跑又不愛戴口罩喔。那個泥作工頭，每次靠近他之前我也會先戴上口罩。他就氣憤地大吼『幹，戴什麼戴，會死就會死——』所以啊，這個疫情真是將人與人之間明確地畫出一條線，如果我在城市天天都要出門，真的會瘋掉。」

J還補充說，也許主流價值會認為這個泥作工頭是「無知」，但有誰不怕染疫，口罩有如石蕊試紙，檢驗你我的良知罷了。

全民運動繼續排隊買口罩，這幾天我發了蕁麻疹和必需校對兩百多頁書稿，除了皮膚科就診，幾乎足不出戶，幸而全家口罩需求少，他人卻彷如末日將至，我不由也經常精算存量。

日日得搭捷運的女兒，之後我也得去醫院回診，口罩和乾洗手成為唯一能做的防線。過去彼此尊重有禮的社會，我們目前暫且回不去，只能認命地保護自己，也等於保護別人吧。

新的一年來臨之際，居然是將願望首先放在可以順利買到口罩，人與人之命運緊緊相繫，掩上口鼻之後，是不是能少一些言語再操弄意識形態了。

頂樓的風景

2021.03.21，天氣晴好

初次在鄉間迎來農曆新年，這些時日陸續搬來城市許多家當，終於將農舍臥室和客房整理得宜人居。

我最喜歡農舍頂樓的晒衣場，若是晴天，三套床單被子不消半日就充滿陽光氣味，好友造訪鄉下人家時都打趣說，想打包自家的床單來這裡做日光浴了。

「妳下回來農舍，就帶著床組來洗，鄉下的太陽，既珍貴又廉價，到這裡生活後，我什麼都拿去晒呢。」

好友知曉我絕不是玩笑話，城市居家狹長的陽台堆滿許多雜亂物事，加上洗衣機和掃除用具，身為主婦在陽台移動晾衣，我總覺得主婦可不能發胖，否則連攤開床單轉身夾上晾衣繩都有問題。

早晨，站在頂樓陽台晾完衣物，我總愛眺望遠處的拉拉山系，沿著山稜線俯瞰整個大溪和平鎮腹地，我們家就在交界處，在霄裡池、在落羽松、在灌溉溝渠旁，在這一大片田地的某個角落，就是我們小小的農舍。

就像原本存在山林的樹木和苔蘚，這間農舍彷彿也是大自然的一部分，據說臺灣有60％的土地被森林覆蓋，如果我們擁有這一小塊菜園，是否也擁有這座島嶼幾毫米的綠意呢？

從頂樓往下俯瞰自家菜園，福山Ａ菜、高麗菜、蘿蔔占了東邊一角，冬季蔬菜通常在秋日開始種植，現在正是收成季節，綠意滿園，春色也跟隨而來。

這兩日，菜園靠近鄉間小徑的花卉或許得到左近花訊也悄悄開好了，隔壁農友分支而來的薔薇看來很適應呢。倘若人和植物一樣，不問出人頭地，只問今日是否辛勤地往下紮根幾釐米，該有多好。

這世界或許也有努力仍然無法達成的事，但在鄉下人家，Ｊ總是不問收穫日日耕作，這就是值得珍惜的一年將至完美的句點。

貓的兒童節

2021.04.04，多雲時晴

之前都為美短貓小三哥哥寫兒童節日記，今年我們家的兒童換貓做。

實在懶得為橘白小貓東煮這傢伙寫文，連牠已經在二月中過完周歲生日，也是春節結束才猛然發現，不寫一下好像有點偏心，好吧，就來為牠發個正宗兒童節廢文。

先說一下東煮這個名字的來由，當時大伯家的一窩小貓，為了區分誰是誰，我脫口而出，「那隻橘貓花紋很像關東煮的，看起來好呆」，大女兒當時一見鍾情，直說養牠養牠，但我們也不好叫一隻貓「龍蝦」，牠可能會以為自己是海鮮？關東煮叫習慣，現在冠上J的姓氏，叫劉東煮。

不過近來越發省略，只叫「煮——」，還好我們沒信教，阿門。

跟橘貓一起生活後，才發覺真不是普通吃貨，只要打開豆豆桶蓋子，第一秒就奔來嗑飯，其他兩貓都避著牠，沒有貓要跟東煮一起共餐。

目前一歲兩個月大的東煮，非常不得家裡小花女王和小三葛格貓緣，但牠每天吃飯吃得很爽，喝水和尿尿都很大聲，沒有便秘苦惱。

生而為貓，得一好主，每天還要求主子玩拋接球，我們日日承歡「煮」子跟前，牠天天過兒童節吧。

沒有朋友的偽農婦？

2021.04.25，陰雨

早晨有雨，我和造訪農舍的好友沿著埤塘大池旁的落羽松步道採拾野花蔓草，突而在回程途中發覺一面長旗在小徑路口飄飛，只見「三合院現烤蛋糕」旗幟，極目四望近處遠方，哪裡來的三合院？

半疑半饞的意念一起，偏離了以往的鄉間散策路線，說什麼也想找著不可，彎入小徑穿出濃密竹林，兩株碩大的苦楝樹中央幽幽浮現完整的磚造三合院，在大溪鄉居一年方得見此君，自然是我怠惰深入踏查的結果。

無知偽農婦我在鄉村生活，臉上就寫著笑話大全四個字，甚至有時在鄉間小路巧遇不遠處的農家婦人，總覺得她心裡正搖著頭說，「這個只會吃，什麼都不會做。」

「欸，如果妳沒來找我，我在這裡沒有半個朋友。」和好友雨中漫步時不禁有感而發。

她不可置信看著我，又隨即點點頭說，「也是，離你們農舍最近的房子也要走好幾百公尺，很難交到朋友啦。」

在鄉下人家沒有朋友看來很合理，不定時居住於此也無法結交任何稱得上朋友的朋友。我遙望著正宗農婦的背影，或許住上十年，我們仍然不是朋友，但無所謂，無知偽農婦捧著摘好的草莓小番茄已感到滿足。

我們回到自家菜園，摘好草莓時，忽然想到我有個朋友呢。那是搬到大溪認識的第一個新朋友，育苗店的老闆娘，每次去育苗店看種苗，彷彿在看嬰兒室裡可愛粉嫩的小嬰兒，我們是那種一陣子不見還會想念對方的朋友。

但，也可能是，我們都欣賞彼此生活的樣貌，同時保持距離的彼此欣賞，剛剛好，那就是最好的溫度。

討人喜歡不是容易的

2021.05.06，天氣晴好

小時候的我覺得地球上應該消滅茄子、青椒、秋葵。

但母親做菜很辛苦，料理過程發覺醬油見底或是電鍋沒插上電，一頓飯的完成少不了得挨罵。我不想再讓她生氣了。

茄子、青椒、秋葵是藥吧。紅蘿蔔和冬瓜算是咳嗽藥水帶點甜味，她要我吃，只能捏著鼻子不嚼直接吞掉，盡量不讓菜葉碰觸到口腔黏膜和舌。但毫無防備的，它們占領了我的心，留下帶勾的陰影。

食道如通道，它們通常經過喉嚨迅速直墜胃袋，總是這樣的接觸，回憶伴隨嘔吐和吞嚥困難，這個病一直很難痊癒。

我討厭的蔬菜長相皆帶勾，長長彎月，總在市場勾住母親的菜籃，隔三差五占據餐桌一隅。這些菜如此不討喜，不喜歡它們的孩子也不討喜，餐桌有它們就是我挨罵的日子。

我不在乎他人嘴裡軟爛的茄子、腥臭青椒、鼻涕般的秋葵，有多麼美味，我堅守挑剔防線，像個品管嚴格的作業員，連漢堡排裡剁成碎末的青椒茄子，也以靈巧舌尖送出我的唇，絲毫不讓黏膩怪味的蔬菜污染最後淨土。

童年的我極度恐懼餐桌出現的菜色，時至中年，竟然逐漸解封緊閉的胃口，偶爾也品嚐這些昔日憤恨至極的帶勾蔬菜。

它們的勾，再次勾引我的人和身體，命令大腦前往異次元，發出指令要我的手拿起筷子，噗啪噠噗啪噠，我想翻譯為人話是，「吃吧，吃吧，地球快要毀滅了，只剩這些能吃？不如早點吃吧。」

開始接受異物的我，像是忽然搬到亞馬遜叢林，喔，不，是搬到鄉村之後，我的胃從習慣包裝精緻的飲食轉換為減少調味的原型食物，只是改換味蕾，看起來卻像洗心革面重新做人。

不僅是品嚐而是大啖，這個人是我嗎？

即使我對討厭的蔬菜仍存有些許戒心，只可少食不可過量。

在鄉野生活日久，秋葵青椒茄子又算什麼？我的堅持簡直是個笑話，討厭的蔬果彷若輪番上檔的好戲不停替換。

夏季逢到鄉下人家收成時分，棚架皆是菜豆和楊桃豆，一畦畦空心菜和地瓜葉，過陣子滿園是深埋於田土的花生，不能違逆的鄉村日常，四時蔬菜隨節氣上場，沒得挑，沒得商量。

譬如菜園後方栽植的數棵果樹，果實總是說好了一起瓜熟蒂落，一收幾籮筐甜柚，一收上百顆紅心小芭樂，一收兩大串香蕉，接連數月置放於廚房地面各種果香氣蔓延至整幢農舍，連菜園裡的蒼蠅都嚶嚶圍繞著喊，好多好多好多好多……

多到我好想直接去市場擺攤，不過有機種植不放化肥的蔬果品項極為醜陋，只能送，不問親友需求與否的直送到府，送多了也讓人苦惱，究竟怎麼全部消滅才好？

直至季節尾聲仍在收成的蔬菜，奇形怪狀、營養不良多數自食，繼續分送親友共食，且必須趁鮮、與蔬菜老去腐壞的速度比賽，還得不停叮囑務必在幾日內食用完畢。

成為偽農婦後，我得到某種覺悟，彷彿電影《星際效應》書架夾縫中的另一個我，那個挑食的小人越縮越小，最後不知存在哪個宇宙黑洞了。

當我卑微的這麼想，極目四望，碩大甜柚、充滿纖維沒什麼果汁的檸檬、日晒不均等的黑面柳丁仍然滾落一地，沒人喜歡的水果只有墜落墜落……這些果實從初始的小樹苗陪著鄉下人家一路成長，兩三年才有纍纍果實如貫珠。我實在不該在它們面前說三道四。

離開果樹區時，我偷偷和J小聲說，這些水果真的不好吃，J面無表情回我，妳不吃我吃。

嗯，討人喜歡不是容易的，蔬果也是。

荷馬史詩風神的皮袋

2021.06.10，天氣晴好

今天翻閱一本舊書，錢鍾書在《圍城》裡說，「只有太太像荷馬史詩裡風神的皮袋，受氣的容量最大」。

在我家恐怕需要改寫定義，J常說，「妳只要做好自己責任範圍的家事，其他我別無所求。」屬於我的管區其實很小，大約是臥室、儲藏室的清潔收納，肩不能馱手不能提的我，站著兩小時做做麵包蛋糕還喊著腰痠疼。

在我們家受氣的皮袋應該是J那個，和荷馬史詩風神那個差不多大小，大多農事都是他一手包攬，我毫無貢獻。

在鄉下人家將迎來第二個年頭，他一週有五日在大溪，抽出二日返回城市大多為了運送新鮮蔬菜和雞蛋。我仍在大溪中和兩地移動，還要配合課程從城市移動到農舍的時間，決定他是否城二鄉五，有時鄉三城四，端看當時我的工作是否繁忙而定。

教學工作大多安排在早晨，從大溪出發，時間肯定很緊張，自從到鄉下人家生活，可能半月我僅有三四日能親近田園，我們像是半分居狀態的假日夫妻，意外減少許多生活摩擦。

屬於彼此的荷馬史詩風神皮袋受氣量應該輕減不少。

其實，兩個住處交通時間、錯開塞車時段不過半小時，翻閱行事曆時，忽然發覺這兩年我的城鄉移動頻率彷彿縮時紀錄片。

縮時攝影紀錄了森林中匍匐在地的蕨類植物，突然重重繁複的葉叢，攀高伸展，渴求日光和雨水，往上再往上……畫面裡有葉與葉的摩擦，彎曲跳躍的姿態，富有光澤凝視的時間。

每次停駐鄉間的我，經常獨自待在農舍，一個人閱讀寫字。感受日光空氣和風，空曠的、對流通暢的空間，有時讓我感覺自己也是一棵安靜的植物，長出城市沒有的氣根。

唧唧復唧唧的雞

2021.07.05，天氣晴

「喂，你們不要太過分了——有人還沒睡欸。」

好不容易能到鄉下人家住幾日，隔壁大伯家養的日本雞卻忠於職守司晨，每日唧唧復唧唧，有時很誇張半夜兩點多就開始啼叫。唧唧復唧唧，才剛剛要入睡培養的氣氛完全散逸無蹤，只好打開窗戶大喊。

儘管我這樣罵日本雞，但牠們實在小巧玲瓏好可愛，在田裡散步時有如幼稚園戶外教學的小朋友，日本雞的蛋也是迷你的和鴿子蛋差不多。有陣子缺蛋，大伯給我們日本雞蛋，我是那種必須每次都吃兩個的暴發戶。

「誰理你——壞習慣，在城市晚睡晚起也就算了，到鄉下還是晚睡，你有在意雞嗎？雞為何要管你幾點睡。」

好的，這下十點就睡的J，睡過一輪非常有元氣的訓話，我也是沒在理的。本人戴上耳機，點閱安眠音樂，繼續召喚睡前精靈。

雞叫雞的，J就訓他的，我睡我的。世界和平。

缺的剎那

2021.07.16，天氣晴朗

很喜歡鄉村的夏季，除了午間燠熱一兩小時，其餘時間整棟農舍只要開啟門窗，讓天花板風車狀的旋轉風扇運行，涼風自然徐徐與戶外乾爽的空氣形成對流，所以，農舍可說是我的避暑勝地。

夏日晚間，我常和J坐在農舍緣廊聽蛙鳴，看螢火蟲撲朔迷離在草叢間閃爍，還有餵食附近的浪貓，我們會長時間閒聊，直到我禁不住蚊蟲叮咬，才會匆匆撤退。

近日有較長的時間待在鄉下人家，因為想要徹底摒除城市誘惑與繁瑣人事，在鄉間閉關，好好完成第二本長篇小說。

晚間我們又在緣廊看著常來的灰貓津津有味啃食魚骨肉渣，我聊起自己這幾年的創作狀態，還有J退休後務農的種種，不過是鄉居第二年，轉瞬，彼此都有了巨大轉變。

有十七年，我沒有寫小說，這段時間長到我已經放棄寫小說這件事。十七年，可以讓一篇小說長成少女，然後幻滅。為什麼美好的夢幻的理想，會放棄？讓人覺得不寫小說也沒關係，這世界還是照常運轉呢？

我和J談到，年輕時覺得小說可以寫的實在太有限，生活本身的瑣碎和反覆，希望，失望，絕望，輪番打擊原本就很脆弱的身心，我不知道編造這些故事有何用？想像可以挽救付不完的房貸，做不完的工作，加不完的班，疏忽孩子成長，夫妻溝通，牽扯不斷的家族糾纏嗎？

住在城市那十幾年，覺得日子很絕望，每個月要付的帳單永遠是赤字，工作的意義不是成就感，而是不得不如此，否則就代換不了生存的基本需求。

當我和現實妥協，有十二年時間，白天上班，晚上教作文班，其中換過五家出版社，還沒算上採訪撰文的企劃專書，譬如寫一些傳記故事和繪本編輯工作，直到慢慢將接案工作縮減，開始間歇寫些散文或轉換教學狀態，又花了五年時間。專事寫作教學後，自覺學識匱乏，生活彷彿被看不見的環緊緊扣住無法喘息，決定再去唸書。很幸運的考上語文創作碩士班後，我的存摺繳完學費只剩幾千塊，一般生的課業又非常緊繃，無法容許自己有太多接案工作，有好幾個學期的學費都是靠著教學助理和書卷獎學金唸完的。

但是，去念碩士班於我是個轉折契機，當時有兩三位熱愛創作的同學、學長和學弟，他們喚起了我寫小說的沉睡之心，為了達到創作畢業門檻，不知不覺又開始寫小說了，後來竟同時完成《看人臉色》的短篇小說、碩班畢業創作長篇小說《缺口》。

同時寫短篇和長篇，我也不知道為什麼可以同時做到，彷彿是過去那被冰雪塵封的十七年，被鑿開一道深邃的裂痕，源源不絕湧出創作的泉源……

我不知道為何要在鄉間的夜晚和J談起這些，似乎回到往日，總會花很長的時間談現在、談未來、談迷惘的一切。

也曾想像如果J是同行，肯定能理解創作中的我，寫小說的我，翻開我的小說肯定知曉，大量細節和情節編排，從來不是天馬行空的奇幻世界，那可能也是過去十七年所經歷的那些讓人湧起希望，失望，又絕望的現實生活。

「所以，即使沒有寫小說這十七年，生活經歷也沒有白白浪費啊。它們都成為你後來創作的養分。」J很有感觸的說著，「後來，我也被你感染，一退休就去唸了社會政策科學研究所，也覺得很有收穫，我很喜歡從社會學的角度去看待產業，這讓冰冷的數字充滿人性，更理解人的需求和社會如何取得平衡。就好像你喜歡寫小說，但你也必須要喜歡生活，不然小說要寫什麼？其實，每個人都會有所缺乏，只是看你在哪個時間領悟到自己必須要去填滿這個缺，才不會一直掛念著這個缺。」

J這麼一說，忽然覺得和我不同行的他，可以從另一個角度理解我和創作的本質，也沒什麼不好。

無論是家族、家庭或是職場，如果不曾被日復一日看不到盡頭的瑣碎細節包圍，以及無所逃避的情感所浸泡，我不可能在三年期間寫出兩本小說。這就是屬於我的缺的剎那。

我想J現在應該沒有什麼缺，即便他辛勤灌溉的菜園沒有收成，他也會想辦法彌補餐桌缺乏的部分，讓日常沒有遺憾。

花田稻田白鷺鷥

2021.08.13，天氣晴好

前幾日，農舍晚餐時分，傳來微微地動隆隆作響聲，原來是與我們菜園相鄰的田地居然挑燈收割稻穀，J打趣說可能外包給農會收成，工人必須趕工完成吧。

隔日下午驅車從大門轉進田邊小徑，發現對面鵝黃農舍已犁平一半昨日仍垂首點頭的稻穗，一群白鷺跟在割稻機後頭搶食噴飛四逸的碎穀子。

此情此景，遠在南方屏東鄉村的童年遂倏地鮮活躍出，鷺鷥輕盈踩踏過的海馬迴，黃與白的底色刷滿這個午後。還有幾隻白鷺鷥如入無人之境，悠閒橫越田壟邊的柏油路，一行白鷺上青天，原來杜甫詩詞只存在小學課本。

在收割機旁等候的白鷺鷥，視線專一、緩步移動著怎麼感覺像是等食的貓啊。

鵝黃農舍養著橘白貓和灰貓，也經常橫越鄉間小路到我家農舍覓食，我們每日在屋舍旁擺放魚骨肉渣餵食附近村野浪貓，食碗經常被掃蕩一空，儼然我家當他家那般自在來去。於是我每每路經牠們家地盤，也當自家稻田那樣投注寶愛的眼光，噢，插秧了呢，啊，注水灌溉了，數日不見長高不少哇。

這陣子從鄉下人家頂樓眺望周邊收割後的稻田，遺留粗短稻梗橫直交錯排列彷彿納斯卡線。如此美麗的圖騰，可要等候兩個季節大自然才能編織出圖案。

盛夏時節，一期稻作收成，不久，二期開始插秧，似乎聽到秋天的腳步聲款款而來。在鄉村生活，不是翻年曆查看節氣起始之時，而是觀察農作物的耕耘與收穫感受自然變化。想起去年剛搬到這裡，觸目所及繽紛點點的花田錦繡，我驚訝地感嘆，我們是住在什麼神仙寶地嗎？這裡的景致不輸北海道的富良野啊。

但去年立春之後便是驚蟄，雨水卻姍姍遲來。

鄉下人家附近以往應是綠意漫過田埂，去年視線所及均是光禿褐土，幾畝休耕田地再次綻放波斯菊，化為春泥不是無情物，而是滋養土地的花肥，彷彿準備完善的子宮遲遲無法受孕……

去秋，伴隨農舍正在成形中，附近綠油油黃澄澄的稻田雖不復見，休耕的田地，一畝畝綻放搖曳的波斯菊和太陽麻，像是編貝整齊的花毯，別有一番宜人景緻。

今夏，雨水終至豐沛，稻作已復耕，周遭少了花田美景，有的盡是脈脈田壟，低垂飽滿的稻穗。四季遞嬗，春耕夏耘秋收冬藏，氣象逐年預報地球暖化、氣候變遷，大自然更改著歲時節氣，如常的生活越發不可得。

這才發覺順應自然如同無法強求之事，原來不只是人情世故。想要重現花田稻田白鷺鷥與納斯卡線的景致，還需要老天幫幫忙，這也是來到鄉下人家才懂得的事。

疫情中的鄉下人家

2021.08.27，多雲時晴

「哇，我不知道你有種玉蘭花？」

近來整個菜園總是被濃郁的花香籠罩，像一層輕薄霧氣，附著在臉上、皮膚、呼吸之間，香氣拂過擠壓著煩躁的瑣事，心情即刻輕鬆起來。

J放下翻土的釘耙問，「哪裡有玉蘭花？」

「果樹區那邊白白的花，好香啊。」

「拜託——那是甜柚和檸檬的花，我想說，奇怪？有種玉蘭花我居然不知道……」

J面無表情繼續耙那畦田土。

「原來啊，我只認得它長出果子的樣子嘛。」

毫無長進的我趕緊捧著收好的菜離開現場，少說少錯，但血液裡流動的好奇心性，實在忍不住多說多錯。

心念一動，啊，原來我錯過了柚子樹的開花時節。

果樹種植兩年方能收成果實，柚子樹開花，是去年疫情最為嚴峻的幾個月，近乎全城封鎖，為了防疫我和J也成為分居夫妻，新聞甚至還吵吵嚷嚷「農夫一個人在田裡該不該戴口罩？」

眾人對病毒的極端恐懼，J即使離群索居仍舊落入荒唐的生活，他獨自在菜園面對著該不該戴口罩去種菜、除草、為竹子覆土，而我和女兒留在城市門戶緊閉的建築裡錯過果樹花開滿樹的盛景。

有次J拍了張插在瓷杯裡的小白花照片，傳給我。

「頗有意趣。」我這麼回覆J偶發的浪漫。

之後又將這張照片放上臉書，並為文說說鄉村風景，不論疫情如何演變，節氣仍然準時更迭，該開的花該落的葉，也都有它的位置。

我料想那是J隨手採摘的野花，他只傳來照片並未多說其他。編輯圖片說明時下意識寫上牽牛花。不到半小時，臉友留言，指名這是空心菜的花。

啊，是那個拍點蒜頭清炒就帶有鍋氣的空心菜呢。我居然不識它的花。對方純粹想讓我知曉實情，不帶任何惡意，而實情也是偽農婦不僅無知且四體不動，錯將空心菜花誤植為牽牛花。倘若人在鄉下人家，肯定不會犯這種無知錯誤，J會即時更正我的鄉村資料庫，不容許出現任何BUG，那是他退休前在資訊產業的職業病。

這幾個月確診病例雪崩似增加，為降低傳染機率，我和J約莫五天見一次，他回城市為我和女兒補充食糧，順便去警衛室將家貓必備的沉重貓砂搬運回家。

疫情中的鄉下人家，於J而言是世外桃源，他曾這麼和我說。

然而，突如其來的瘟疫，讓我瘋狂想念鄉下人家，分明彼方有家卻歸不得，相較悠遊自在的J，城市的家於我可是自囚的牢籠。

身為主婦能夠勉強整治一桌家常，是疫情時卑微的想望，而我忠貞的外送員只有J。

去年疫情爆發，我們意外有了另一窟，乍看好像超前部署，養雞並種植了當季蔬果，但收成這回事，得要天時地利，J又辛苦勞動，不是你我想像如此簡單。譬如夏日收成是糯玉米和少量空心菜、絲瓜、瓠瓜，只能重複食用，而天氣炎熱連雞蛋產量都失去往日水準。

望雞無蛋，望田無水，J說不只是疫情攪局，連自然環境都亂了套，大家都難過。

相較不可控的疫情，我為日常三餐只得自己料理感到無盡苦惱，彷彿想要寫篇小說，卻無法實地採訪人物做田野調查那樣束手無策。

寫小說的我從來不會覺得今天沒材料，我的習慣是前一天寫到最順手時停止，以便明日迎接美好而有進度的一天。此時做菜比寫作更容易碰到瓶頸，每日材料都短缺一二三，對廚藝欠佳者而言，按食譜做菜也不見得能入口，缺料短工之下，也只能含淚吞下自食其果。

不能想像我竟只剩下每日圖個三餐溫飽的卑微想望。

缺乏食材，還是得努力訂外送，儘管特意錯開尖峰時間預訂，收到的訊息經常是「附近沒有合作的外送夥伴」，可能城市裡的家位於熱區中的熱區吧。

有次早晨開始點單，遲了兩小時送達，點九還缺三，但足夠做出比較像樣的早午餐和晚餐。我由衷感謝身處險地的外送員，按照排序多數人尚且無法注射疫苗，外送物資卻是生活必須，我非常同理外送員為減少風險而跳過熱區的無奈之舉。

如此這般隨確診病例起伏長達好幾個月，與我分居的Ｊ，從不漏接點單，遠從鄉下人家附近超市採買所需日用與食糧，也會順道送蔬果盒給鄰近親友，這時的都市傳說是，「可以冒著生命危險為你送來食物的朋友，真正是換命的交情啊。」

無法移動的自肅期間，只能藉著之前的筆記和照片想像鄉間風景，還有Ｊ送來的蔬果食糧，每次都能讓我人在城市即時嗅聞到土地芳香。

人啊，如此貪婪的生物，對未來的想望竟渺小如塵，僅剩安身立命之願。

瘟疫蔓延之庖廚小事

2021.09.23，天氣晴好

役期宅在家，我仍然很廢，寫作追劇被貓耍，本業剛好合理自閉在家，經常廢到親友側目。

之後的日子全民悉數同步，這座島嶼大旱渴水雨季始終不來，卻喚來和世界接軌進入疫情異常緊張的時日。三級警戒非不必要請勿外出，鼓勵宅在家當廢材，無須打怪攻擊誰補血，我的廢不自覺直接被推到最高級。

初次啟動警戒之日，我便不曾踏出大門，不能說有遠見整治了兩個家，只能道是幸運，疫情緊張我和J總會彼此自動隔離，經常十天半個月才相見。但他是我忠貞的Uber Eats，依照列出的清單到距離農舍遠一些的超市採買食材攜回城市家。此刻，我才懂得何謂捨近求遠，社區樓下明明有大型超市卻滿布確診者足跡，超市生鮮架上亦常空蕩無物，還好有J的定時配送。

疫期需自炊之外，三貓必須的貓糧貓砂也採網購，話雖如此，我仍得與貓勤學宅在家的本事，貓們隱隱然飄來睥睨眼神，聽說貓解讀人類外出等同至遠方打獵帶回獵物。

現在足不出戶地位儼然低落，貓們日日疑惑奴的資格，只是暫且不說。

怪的是，我也不免懷疑自己，平日閉鎖在家被貓奴役徹夜看劇趕死線稿，自主廢，我情我願。防疫期間，整座城市整個社區整棟大樓陪我一起廢，還不敬業每天推進小說一千字嘛，必須要——最終卻是知難行難。

啊，肯定是此廢非彼廢，被迫廢，即失了魂。紀律。腦細胞。尊嚴。體脂肪。全都說好了往不堪的方向墜落。

我也很想奮發向上，家宅窄小著實難以分出工作和休息空間，該怎麼重整破碎身心呢？聽說斷捨離是不錯的解方。

終日宅在家，越發覺得穿著睡衣晃來晃去真是不像話，立即給衣櫃換季並捨棄經年未穿的衣物，整理旅行專用品更是加倍心酸，那些兼具排汗與美觀的T恤、One piece 削肩棉質洋裝，很適合宅在家派上用場，現在還不孤芳自賞待何時。當下換裝扶桑花連身裙，手肘內側再噴上淡香水，調杯雞尾酒，打開窗，秋日微風徐徐，寤寐間彷若置身聖托里尼。

後來呢，或許聽見心靜的聲音，貓們也乖順許多，不再揚著下巴斜眼看人，房間飄散橘子氣味的淡香之際，我找回了日行一千字的頻率。

然而，力行自炊不外出，烹飪內容再度陷入腸枯思竭，或許是一切不可預知的社會氛圍，讓人只得退而追求鼓腹如此低微的感受了。

除卻小說推進字數，我開始在行事曆紀錄菜譜，今日不可抄襲昨日餐食，以求取悅失去自由的身心靈和味蕾，食材日益短缺仍得錙銖必較，明日亦不能抄襲前日料理。

譬如鄉下人家剛好收成兩大串蕉，天熱香蕉熟成速度像搭高鐵，今日當飯後水果剛剛好甜香，隔天便是軟爛扶不上手，J開車在城市裡繞了幾戶親友家宅配到府仍剩餘許多，實在令人苦惱。

這次是香蕉，下次可能是一大條冬瓜，自J種菜以來，我怕豐收，他怕欠收，我們倆的想法很難取得平衡。

「香蕉能做什麼料理」，網路打上關鍵字自有答案，切片做了捲餅和香焗烤吐司讓冤死的香蕉復活。想像枯竭時我總和 YouTuber 借靈感，譬如今晚餐食初次料理鮮蝦豆腐煲，跟隨影片摘掉蝦頭爆漿瞬間有科幻片的蒙太奇感，嚐過滋味後，大家皆讚真是一道相見恨晚的好菜。

家人總說我做料理不花寫作同等心思，做早午餐卻特別上心，譬如春夏鄉下人家盛產的小黃瓜，如何變化入菜而不厭膩，本著實驗精神，素顏的黃瓜和麵包搭配最是可人，抹上頂級橄欖油的黃瓜和誰在一起涼拌都沒意見好商量。

夏末果真還是黃瓜的，但它需要和蒜頭群聚時，我們得注意口氣保持清新喔。我不由想到每日疫情記者會，指揮官總是提醒大家切莫群聚。
關在家這些庖廚小事其實如國之大事，我是這麼想的，個人不擅長的專業並非毫無助益，譬如維續日常的儀式感，食與物的堅持，也需要家人分工負重前行，換來的歲月靜好，不只是一個家庭的幸福。

種菜與寫作

2121.10.31，天氣雨

昨日我尚在糾結40％降雨機率，今日100％毫無苟且推測的可能。

逢到雨日，J總算有安靜下來的片刻，總算從枕上醒轉，枕畔仍是有人的。雨日是J的賴床日，早起耕種無用，反而在鄉間，雨日的雞仍得上班，我還是為了苦思許久某一章小說情節，早起整治檔案。

簡單用過早餐，至農舍二樓書房打開筆電半晌，望著昨日停滯情節許久，仍舊毫無想法。昨日在城市家紊亂小桌上分明筆隨意走，今日在此處卻處處碰壁，這種毫無生產力枯坐亦無用之際，放棄掙扎是唯一選擇。轉身在書架抓了本書，開始閱讀。

所謂書寫，書還置放於寫之前，讀其實比寫更為重要，我始終這麼認為。

佛說：身苦和心苦，或許正是執著編織著結繩記事，環扣鬆緊著字詞段落，讓人遺忘生命苦痛而著迷於故事歷史。文學也為人生中的不解和諒解提供了和解的方式，寫作和閱讀總讓我遺忘時間飛逝，轉瞬過了兩小時。

書房旁的臥室傳來些微動靜，J昨日至八德的馬祖居民信奉的廟宇幫忙祭祀之事，夜半方才返家，難得晚起。不久，樓下傳來咖啡機磨豆聲、杯盤碰撞、水聲譁然。預先留下早餐給他，可能已食用完畢。有時，我們在農舍整日毫無交談，各做各的事，那是默契，誰也不驚擾誰。

須臾，他又在樓梯間來回走動，可能在收拾竹筐昨日蒸熟後晒乾的花生，反覆曝晒花生是這一季辛勞收成的果實，作為零嘴食用。之前也會篩選碩大肥美的花生仁，晒乾後當作隔年夏季播種的種籽。

我恍然察覺種菜和寫作其實有相通之處，厚積而薄發，一時的順遂發散皆需要收斂心性，因為你永遠猜不透不久的將來，還有沒有上次的好運。

鄉下的犬城市的人

2021.11.13，天氣晴好

經過幾個栽植青江菜苗的大型網室，快到鄉下人家約兩百公尺，總會遇到一隻黑犬趴在馬賽克砌成的矮牆，甩著長舌望著我。

「等下經過前面的房子，有一隻黑狗會跑出來，但牠有上鏈條，不要緊張，你不要尖叫喔。」

我提醒初次拜訪鄉下人家的好友，關於黑狗的問候，希望她不要因為一隻狗的熱情而驚慌，但矮牆和鄉間小路的距離很近，約莫只有十公尺。

「什麼？那妳走裡面，我要靠外邊走。我好怕狗，牠會不會咬人啊？哇——牠蹦出來了！」

方才沿路親近休耕農田採摘波斯菊的好友，驀地閃到我的外側，黑狗果然前腳又搭在矮牆上，眼睛古溜古溜目送著我們從牠面前走過。

「不用怕啦——鏈子綁著牠，牠只能待在那裡。」

「真的欸，頭還歪歪的看我們，老實說，牠看起來有點可愛。」

「你看，牠可能也覺得我們很可愛吧。」

「欸，你不是貓派，竟然誇讚狗，妳忘記小時候被狗咬，連自己家養狗都怕狗怕得要命。鄉下總是比較偏僻荒涼，你們沒養狗，真的沒問題嗎？」

「嗯，我現在沒那麼怕了啦。還有，我們有設定保全啊。」

「拜託——保全有負責幫妳趕走狗？笑死，哪裡的保全可以介紹給我，我也很需要。」

我們怕狗的對話就結束在彼此取笑聲中。

鄉間大部分人家都養狗，一開始我從萬分恐懼，逐一遞減至今，約莫也還有百分敬畏。

據我遷徙至鄉下人家這兩三年的觀察，附近人家大多將狗當成天然警報。譬如隔壁大伯家兩隻大狗耳力尖得很，不論車輛路人經過，就連我夜裡在家打幾個噴嚏，立即狂嘶猛叫一陣，直至我在床上躺平不作任何聲響，牠們才逐漸安靜下來。

娘家只有我愛貓，只要回南部，必定被狗派包圍，感覺快要被狗派收服時，返回臺北之後，總能若無其事繼續做個愛貓的人。但家裡的貓們，必定鄙夷我數小時，牠們心中雪亮明白我摸了狗，身上夾帶著犬之味。

自有記憶以來，南部家裡總有狗，北京狗狐狸狗梗犬狼狗吉娃娃，直到我們長大成人，現在弟弟家也有隻活潑貪吃的啾啾，並非豢養鸚鵡或八哥，卻要叫一隻狗名為鳥鳴聲，牠是隻灰白梗犬。

每次去弟弟家，啾啾總熱情澎湃往我身上飛撲，使盡全力讓我感受牠的熱情、多想和我玩。倘若是我家的貓，想親近半分也得自己過去跪在牠身邊，我常匍匐在地用盡全身洪荒之力去貼近牠，逗貓棒、貓餅乾、貓草全都擺在牠跟前，牠卻只是不屑瞥我一眼，站起身來雙腳往前伸展，屁股往後一撅，無情離我而去。在貓面前人只能臣服，而狗則甘願臣服於人。

啾啾，是弟弟的第二隻梗犬，之前的老梗犬前幾年已成小天使，那是在媽媽麵攤流連不去的流浪狗，一養也十幾年。現在啾啾取代老狗的位置，彷彿一切都沒改變，甚至比對前後兩隻狗在客廳玩耍的細節也差不多，滄桑的只有人與事。

南部親戚大多狗派，鮮少有機會接觸到貓，這神秘優雅的生物，牠們常悄無聲息在屋簷和巷道遊走，搬到鄉下人家，我下意識在草叢田野間逡巡著牠們閃爍的身影。

「我看我們還是走快點，那隻黑狗還一直看著我們欸。」

好友的呼喊將我從狗派回憶召喚回來，她和我一樣是披著人皮的貓，而且是膽小怕事的那種，我們加緊腳步遠離牠的注視，或者熱情？我真的不懂狗的視線究竟是鎖定目標要攻擊還是警戒啊？

其實我沒和好友說出的心內話是，每每在鄉間散步路經這隻忠貞的家狗，總讓我想起幼年南方家中庭院有犬的時候，很短暫的童年畫面。

儘管童年的我特別恐懼狗，甚至不記得自己是否抱過牠，後來，不知怎麼牠就消失在我家的院子了。

但有狗吠的日與夜，那個家在記憶裡總是格外像個家的樣子。

2022
有雞有菜有貓的日子

想要和需要

2022.01.03，天氣多雲

從一地遷移至一地，像是連根拔起移植到不同溫濕產地的植物，剛開始在鄉下人家居住的我，總是不適應這裡的土壤與風，抓不著地，隨風飄搖。

去年初秋，剛到這裡第一個季節，故舊好友想來此一探究竟的好奇心眼，多到需要排班表，眾人疑惑的問題總會有二，首先必是你們倆生在城市吃住行走坐臥，如何在鄉下生活，再則這些菜真的是自己種的嗎？

J通常不直接回答問題，轉身便到菜園摘點當季菜蔬，請他們品嚐產地直送餐桌的鄉村料理，或者撿幾顆雞蛋和蔬菜一併打包回家。

我更是沒資格回答鄉下人家的生活細節，心中雪亮明白自己不過是偽農婦，洗揀菜葉打掃家居尚可，下田耕作耙土這種體力活全都讓J攬走。

「好羨慕你們，說要退休真的退休，說要種菜就種出了菜。」

下此結論的朋友約有半數，羨慕，說來輕巧，這個形容是看見繁花盛景卻不見枯萎腐爛的時節。往日，我也是經常隨口說出羨慕嫉妒恨之人，或許自知一時半刻抵達不了，至少還能接近，輕巧羨慕著，彷彿自己也和夢想擁有最近的距離吧。

那麼，羨慕的背面是什麼呢？

關於農作的瑣事多如麻，少見J悠閒地坐在門廊或樹蔭納涼，手上總有事做。有時他在窗臺忙著晒乾作物的種籽，分盒而治的各式種籽我認得幾稀，J如數家珍地說，這是秋葵那是洛神，留種的花生要趁著春分開始播種，膚色漸次黝黑的他喃喃說道，他已經是個看老天臉色勤勉耕種的農人了。

「卡早不愛讀冊，阮老爸講就去種田，好好的工程師不做，偏偏要去種田？」父親得知J提早退休後將至鄉村生活，不解這個決定，並且不認為能堅持多久。

我們想要過什麼樣的生活，為什麼要經過他的認可？

老去的智慧應該是，更懂得什麼是想要，而不是需要吧。

疫情下的貓與奴

2022.02.19，天氣晴好

J有菜園可以農作，倘若他不在家，每日在家的我除了線上課程能與學生相見，看見的活體只有貓了。

我的主子是貓，貓的寵物是我，已是歡喜做甘願受了，近來WFH後，更是加倍的人不如貓。

貓們慣常懶洋洋地哪邊涼快哪邊去，奴在家的地位低於宅配來的紙箱沒關係，越發將奴的規矩當貓砂隨便撥撥怎能忍受。Google meet開始了，貓們才不管你在工作賺罐罐，他們只力求卡好風水寶位，從椅子後方蛇到大腿，再走台步到筆電後、鍵盤上，久違的同事學生都想要貓上線，沒人在乎我何時下線。

在貓眼裡，奴不過是更為巨大的貓。三花貓花花卻成天像捷運出口纏著不放的業務，喵喊餅乾餅乾肉泥肉泥……美短貓小三則是有人開冰箱立刻從隱密角落竄出，大叫給我菜菜給我菜菜，橘白貓東煮除了隨機加入兩貓威脅奴，舉凡街頭混混架拐子嗆聲勒索牠樣樣都行。

看貓耍無賴，真的會被貓氣到失去人格，瞬間又被他們萌到忘記剛剛是在生什麼氣呢。

對了，花花名字由來就是你想的那樣沒創意。全世界她的屁屁最美，最愛在奴出門時炫耀。喜歡吃紅色肉肉，不喜歡吃乾乾，每次總是隨便過個口水就吐出來，敗家女傲嬌女。除此之外，憑奴的良心說，是家裡最美最乖的貓貓。

小三的名字不是你想的那樣，只是家裡養的第三隻貓，是長腿歐巴。非常的N次方極愛吃空心菜，餅餅乾乾隨便敷衍奴吃吃，身形非常清瘦。除此之外，本來是小霸王的他，在東煮來的那一天，忽然一夜長大並開始懂得煩惱。

東煮的名字由來是背上花紋很像關東煮鍋裡的龍蝦棒，牠口腔期特別長，沒發過正常喵叫聲，只會啊啊叫。肉泥、罐罐、地瓜、雞蛋、乾乾……不想列舉了，根本吃貨。每天無賴路倒、欺負哥哥姊姊、把爛沙發抓得更爛，特別愛玩拋接紙球，可望參加全貓咪運動會。除此之外，罄竹難書。

疫情期間，除了J從菜園運回蔬菜箱可以引起三貓一陣騷動，近來牠們越發無視於我，可能發覺我和牠們一樣不會出門，只能待在家，再也無法寄望此奴帶回獵物。

以往我夾帶一些外面的氣味回家，貓總是特別讚賞，包包丟在沙發馬上來磨磨蹭蹭嗚嗚稱讚，不錯，有海陸燒烤的滋味喔。脫下外套貓貓一隻兩隻鑽進去當成帳篷，嗯嗯喵喵叫喊，是混合公園草坪和路邊小野貓的味道啊。人在貓的江湖，不是我在吸貓，而是貓在吸我吧。

我好想念出門回家，被貓們列隊迎接的感覺啊。

大疫來時，什麼都不確定的感覺太討厭了。賴在家裡太久，許久不曾目送我出門的貓咪，會不會，發現奴將要完全變身為貓了？

吃一個回憶

2022.03.18，晴時多雲時晴

「奇怪？我記得你沒種小白菜吧？」我狐疑地望著J裝置蔬菜的木箱堆著三把菜。

「喔，小路盡頭那個農夫送來的，說是收太多白菜了。」

「為何老是有人要送我們菜？」

「有些菜不灑藥施肥是種不出來的，所以我從來不種小白菜。」J唇邊又浮現一抹看透世事的笑意。

「我正想說你從未種過小白菜？」

「妳總算稍微聰明了一點，每次颱風菜價上漲，市場最快恢復行情市價的就是小白菜，所以，我不種。」

「天哪——以前吃了這麼多小白菜，好可怕……可是人家都送上門了，怎麼辦？」往日總總不敢細想，棘手的是眼前這堆菜。

忽然被未爆彈威脅的鄉下人家，該如何禁止農藥污染清淨的生活呢？我繞過這三把菜，彷彿因此能得到暫時平靜，我不看它，它看不見我。啊，尚未種菜之前，我們都是盲目的食客。

「他常送我菜啊，只是我沒說，有時會直接丟掉，或是放久一點讓農藥揮發掉了再吃。」

「就這樣——我以為你會立刻丟掉。」

「種菜也是很辛苦的，別浪費了。」

J的答覆出乎我臆想之外。有時，某個季節我們也擁有小型豐收，譬如地瓜葉和空心菜這類生長迅速的菜種，自食之餘，也送給親友或同住城市大樓的鄰居。他們知曉J均採友善耕作，收到產地直送家門的蔬果總是凝視許久，像是收到多麼珍稀的寶物緊緊揣著，很難忘懷這種施與受的感受。

種菜的人秉持分享，接收的親友則是驚喜和喜悅，健康無農藥用心栽種的蔬果是無價的禮物。甚至，他們在閒暇之餘，紛紛表示想幫忙採收，或當假日農夫，體驗每株菜、每個果實得來不易的過程。

「收到這些菜，我總是會想像他風雨無阻在田裡耕作的樣子，每片菜葉都很珍惜的吃，沒有經過改良的蔬菜，吃起來特別有原始的鮮甜脆感。」經常來鄉下人家幫忙種菜的C感嘆的說。

「是不是很像我們小時候吃的，譬如之前採收的香蕉，覺得吃起來特別香醇，有

Q彈的口感。」

「對對對，口感甚至有些像芭蕉呢。昨天我才看到新聞報導某位果農說，沒有淹水的香蕉瘦瘦的，平地的香蕉淹過水就會胖胖的，不但沒有香氣，而且吃起來軟軟的。雖然你們的香蕉成熟後醜不拉機，吃起來可是又香又有口感，我每天運動完都會吃兩三根呢。」

C由衷讚美香蕉，彷彿那是米其林推薦的美食，隱身鄉間，不可知之處，唯有他獨享。

J露出滿意笑容，放好農具脫掉手套加入談話，「真的不要被市場那些黃澄澄的香蕉騙了，為了賣相好，會放很多電土。附近農夫跟我說，電土放太多，果蒂容易斷裂，也會影響果肉口感，難怪在超市或菜市場買的香蕉通常很快就熟爛了。我們的香蕉是自然熟成，吃起來香味醇厚、口感特別好。」

「吃起來有小時候的回憶。」我想起南國的屏東鄉下，二伯家的香蕉園，小時候返鄉，經常看見收成串串蕉在大廳裡蓋著舊棉被催熟呢。

J忍不住這麼結論，「吃我們家的蔬果，很容易變成是在吃一個回憶。」「尤其玉米和花生，真是好吃到我都不想送人吃。」我笑著補充。

C是J的好同學，不畏疫情嚴峻也會刻意路經菜園，總會戲稱是來「臨檢」J退休是否認真農作，他聽後瞪大雙眼，以戲劇化的口吻質疑J：「竟然還有偷藏起來自己享受，不分享的好料，我嚴重抗議你重色輕友——」

「此言差矣，安太座比較重要，一般來說，她極為挑剔我種的菜，難得有愛吃的，這不叫重色輕友啦。」J輕描淡寫化解危機。

「你不能怪我留著自己享受，我也有吃一個回憶的故事，吃到J種的糯玉米，總會讓我想起小學放暑假住在外婆家水果行，果菜市場裡有攤賣蒸玉米的小攤，外婆做完生意，還沒空煮飯，有時會買支玉米給我解饞。那個玉米的口感就很像J種的。」

C若有所思的拍拍J的肩膀說，「原來如此，這樣我就能理解你為何都留著給太座獨享，原來，我們都是在吃一個回憶，這是外面買不到的。」

我想那位分享小白菜的農夫，也是本著好東西跟人分享勝過獨自擁有的快樂，而我不想與人共享，則是玉米和花生產量實在太過稀少，也需要靠老天幫幫忙，才能在每年收成時節，順利吃一個回憶。

如果無花果有臉書

2022.03.01，天氣晴好

記得Ｊ剛退休，首先在鄉下人家的菜園搭起網室，栽植幾棵不同品種的番茄苗，逐一結果的果實隨風搖曳，收成時總是格外觸動心弦。

初次陪同Ｊ採摘農作，假使瞥見幾枚墜落泥地的紅黃小果，我也會拾起檢視，見它硬挺著堅持落土不爛的模樣，絕對寶愛著全都裝進桶子裡，和之前採收那些混成一片，像是從來沒有分別的樣子。

摘小番茄可比採收菜園其他蔬果有趣。

如同唱ＫＴＶ最後那一分鐘卻還有一首五分鐘的歌尚未結束，小番茄季節的尾聲則以為這首歌終有唱完的片刻，沒想到，定睛遠望，那方蜿蜒雜亂的枝藤居然還躲著幾顆黃澄澄的桃太郎呢。

說到菜園邊陲的果樹區，植有幾棵紅心芭樂和甜柚，其中還有幾株友人餽贈的無花果，之後Ｊ又扦插出幾株新苗，盛夏途經此地，總要食指點兵算計所有垂掛樹叉綠寶石般的果實，儼然得意洋洋的無花果富翁。

最近後知後覺知曉，實際上我們吃的不是無花果的果實，而是整個花托、花朵和花蜜，膨大的肉質花托裡藏著雄花和雌花。像是榕樹的果實和無花果的形狀非常相似，以及能擠出黏液暱稱假愛玉的薜荔，同樣也是植物構造稱之為「隱形花序」。

隱形花序讓我想到東漢崔瑗的詩句，「無使名過實，守愚聖所臧。在涅貴不緇，曖曖內含光。」不炫耀內涵，不賣弄甜香，嚐過無花果滋味的人常津津樂道，無論長在多貧瘠的土地，它總是靜靜地充實內在，並且不張揚地默默長成累累碩果。

這源自中東、小亞細亞的水果，幾年前初次在新疆品嚐，各種品項的葡萄乾和肥厚無花果乾密密實實鋪滿整個大巴扎市集，若有密集恐懼症者請務必走避此處。

爾後至希臘和土耳其旅行，發覺無花果樹居然與臺灣隨處可見的小葉欖仁是同等路樹等級。但最令人驚訝的冷知識是此樹五指狀寬大的葉片，竟然是亞當夏娃重要部位的遮蔽物。得知這無用的田園花架，每逢路經無花果樹，見它寬闊的葉為果實遮蔭，便不爭氣地在腦海浮現創世紀神話的馬賽克情景。

不過，植物若能聽懂人話，我想說句知心的，無花果的剖面實在麗質素顏，彷彿心中躺臥桃色菩提葉，尚未碰觸便感到神祕不可言喻的滋味，縱然經過與我等身高度的果樹植株，仍禁不住分泌唾液與欲望。

我抑止不了手指不敬的偷摸一下無花果渾圓屁股，但只有，偶爾很想吃的時候啦。

種什麼吃什麼，這不就是我們想要的生活嗎？J曾這麼說。

想到這裡，我又伸出食指戳了一下無花果的臉，像是很熟的老朋友在臉書重逢，那種戳一下，如果無花果有臉書。

說雞的壞話和好話

2022.04.18，天氣多雲

近來雞鬧鐘越發臨近耳畔，咕——咕，半夜兩三點，彷彿定時定群裝置，從不懈怠，日日啼叫不休。

先是左邊這隻叫，十分鐘後右邊那隻接力，接下來還有混合聲部，中低音高音甚至假音和R&B，像是不能輸的氣勢，輪番叫陣喝叱。那是去年冬末大伯給了我們五隻日本雞，加上他家雞舍幾十隻雞，來到鄉下人家生活後也算十足體驗到不必黎明即起，夜半雞啼至床邊，都是自家雞不放過主子，聲聲催逼哪。

白日無法無天的蟬聲是鄉下人家的背景音樂，凌晨雞鳴不已，剛養雞那陣子，日夜交相攻擊的立體聲環繞音響，總是令向來晚睡晚起的我神經衰弱。

但，某天，不經意睜開眼居然睡到日上也有一竿，連雞啼也置若罔聞，約莫九點才起，竟有些偷來的歡愉。

或許，我已經稍微適應農村生活了。

誰知來不及竊笑，大伯雞舍裡的芸芸眾雞，不能同意，牠們始終不曾放棄這個連雞鬧鐘都喚不醒的城市女子，像是說好了，某天就奮力從深夜啼叫到天明，彷彿歌劇院裡提著嗓子的女伶餘音繞樑不已。

說完雞的壞話，也有許多想當面感謝雞的好話，如果牠們能收到我打從心底真心的感謝。

感謝牠們總是讓我拿走雞蛋，並且神色不驚地繼續下蛋。倘若我是雞，實在無法接受自己的小孩老是不翼而飛，我猜想雞的記憶或許只有半日，半日之後，返回雞窩生產彷如本能反應，隔天我們才能逐一拾起帶著母雞餘溫的蛋。

J初始試著在田間以自然友善的方式圈養，以一個自製的長型竹籠筐套著五隻雞在菜園各處移動。自家雞隻除了碎玉米，最愛J種植的菜葉，我們看老天臉色吃菜，收穫每片菜葉異常珍惜，摘下萎黃外緣老去的葉，仍要送給大雞小雞一起食用。

每日去雞窩撿拾雞蛋，雞產下的蛋殼薄而堅硬，像是調了太白粉濃稠的蛋清包圍圓鼓鼓的蛋黃，將新鮮的蛋敲到平底鍋的瞬間總是非常感謝。配上剛從田土離開的萵苣包裹煎好荷包蛋送進嘴裡，人雞與土地共生，我們吞嚥的是自然陽光雨水，還有J的汗水和雞仔咕咕咕。

來到鄉間雖稱不上日出而作，卻格外喜愛日出早餐，經常變換雞蛋和麵包組成的餐點，總覺得不能辜負雞帶來每日的平安喜悅。

前陣子，課堂忙碌的我多在城市奔波，少至鄉間，J說現在雞口已暴增為十五隻，也搭建了固定雞舍。課裡偷閒總不忘發訊息詢問常駐農舍的J，鄉下人家的雞是否順產？

「最近都很少，今天竟然只收到兩顆。」他笑說，或許是夏日炎炎，雞的生產力驟降。

「十五隻雞有一半在偷懶吧？還是，牠們每日輪值生蛋？」

「天氣這麼熱，人都沒活力了，何況是雞。」

J從幫雞搭建的九宮格雞窩裡拿出破布頭抖了抖，像是呵護自己的孩子那樣體恤偶爾偷懶的雞。

除了太早啼叫讓長年夜貓生活的我微微困擾，我們家的雞真的很可愛，摘菜拔草時都會跑來跟我說說話，瞬間同理了雞並非在偷懶，有時我也不想寫稿，只想腦袋全然放空的追劇，或者，每次我在菜園搞些傻事，就是這些雞口耳相傳的綜藝秀吧。

想通了這件事，忽然覺得，夜深人靜雞隻們該不會也在說我的壞話？

夫妻談話的田野調查

2022.06.12，天氣晴好

通常飯桌上不宜多話，但我家飯桌吃的都是J種的菜，很難不誇他兩句（吃人嘴軟？）約莫我也過於愚蠢，介入這不擅長的領域，只會讓他看笑話。

有時J會主動開啟新話題，聊聊農事上又有新發現。

這天，他說香蕉和草莓都是屬於旁株會長新苗延續生命的作物，像是香蕉收成後，砍除堆肥，側株會接續生長，草莓則是匍匐於泥地延續了生命。

聽到草莓終於復活有望，實在是令人振奮的好消息，我就是個偏心又無知的偽農婦，菜園裡所有作物尤其偏愛草莓。

永遠忘不了初次，看到網室裡躲藏在葉叢深處偷偷結果的大小草莓，採草莓彷彿中樂透，以為這株只中三碼，沒想到有五碼，還有兩顆孿生小草莓藏匿在葉脈背面，喜悅層層疊加。

J才不管我的偏心，所有菜蔬瓜果皆是辛勞看顧的孩子，他喃喃說著，夏日瓜果盛產前，只有地瓜葉、空心菜能為餐桌增色，沒拔完的菜葉任它在土裡熬過冬季，明年夏日再移種。還有秋葵、洛神花、南瓜、冬瓜、絲瓜、胡瓜、花生，都得留下種子乾燥後，繼續重生，生命就是這樣延續生生不息。

「真好，這些菜都沒有少子化的問題。」

J聽到結論笑不可抑，隨即瞪了我一眼，意思是不要只會光出一張嘴。

不擅農事的我，的確毫無建樹，在他眼裡越發慘白無光，心下決定事先準備好話題，參與他的農作日常。夫妻談話還要事先田調會不會只有我？但他也沒有感動的意思，可能是我準備的問題深度不足，更顯得矯情？

「請問，什麼是養土？」

「有些菜種過後，會改變土壤，輪種不同蔬菜可以養土，讓土壤休息、堆腐葉也是必要的。問這個做什麼？妳又不種菜。」

「聽到你和大哥在聊天啊。聽不懂，就想問，什麼是培土呢？」

「不懂又愛問……像妳喜歡的玉米，吃根很淺，就需要培土。順便跟妳說，有些作物需要覆土，像是竹筍，過年前要把竹筍下面的土挖起來，晒乾泥土，將老去的根部去除，根部才有空間，等待隔年長出新筍，過年後再覆蓋一層土上去。」

J開始滔滔不絕，彷彿城市家的客廳是他的菜園，手勢指著一畦畦菜，說著這個那個要怎麼栽植的手法，生動而繁複。聽完一知半解的我，只覺得種菜的宇宙實在沒有想像中簡單，還好我只要負責吃這個部分。

「我還有問題，困擾已久，好想知道……玉米筍等於玉米的『小時候』嗎？高麗菜嬰等於高麗菜小時候嗎？」

「這個問題不錯，玉米還沒吐絲授粉前，形似竹筍，就是玉米筍，高麗菜採收後根部長出的芽，就是高麗菜嬰，這個妳答對了。順便補充一個，青花筍可不等於青花椰，這是兩種不同的作物。像蘿蔔小時候還沒長蘿蔔，開始長苗就可以拿來抓鹽巴醃漬下飯吃很開胃，妳上次吃過啊。」

沒想過自己像是千年姥姥早品嚐過許多蔬菜稚嫩的樣態，這讓我心忐忑，但回味那些嫩芽和翠綠可愛的小菜葉，真有說不出的美味啊。

「所以很多菜的『小時候』都可以拿來吃？這樣好像很殘忍。」

「自古以來，人，為了飽足生活下去，有什麼殘不殘忍？這是為作物疏苗的概念，自給自足的種菜才可以先將蔬菜的『小時候』拿來吃。撒種子時，一大把撒出去，有時菜苗容易長得過於密集，也不是好事，適當疏苗，後面的菜才長得好。」

侃侃而談的J，看起來不是為了減輕我愛吃的罪惡而言，他慢慢成為有點專業的農夫。好的，開啟種菜開關，果然如同當兵話題，可以讓一個男人打開話匣子，我這個偽農婦也是用心良苦，望J知曉，為了經營閒聊時刻默默做了多少田調。

只會寫作、閉門造字的我，不會幫忙農事的負罪感應該可以消滅萬分吧。

弟弟妹妹，貓

2022.07.25，天氣多雲

或許一開始就不該喚他們弟弟妹妹。

到鄉下人家生活的第一年，大伯家貓生了一窩小貓，當時尚未領養弟弟妹妹貓，而是為了區分誰是誰，以外表隨便叫喚。

貓馬麻的孩子有四，其一弟弟很霸氣，只要有人靠近逗弄貓們，他總是挺身護衛所有小貓。一開始叫他中分頭，額頭分明敞開一條雪白筆直的中央幹道，看到他不自覺想笑。妹妹想當然耳，是弟弟的跟屁蟲，總是和中分頭彼此依偎，她的額頭是整齊斜瀏海，順口喚她妹妹頭。

既然叫了妹妹頭，親暱簡省成了妹妹，中分頭跟著改成弟弟，整天弟弟妹妹的喊，像家人。

弟弟妹妹，其實算是先前領養的橘白貓阿煮妹妹生的孩子。由於大嫂誤以為阿煮的妹妹是公貓，來不及TNR，她已然大腹便便在田間歡快而不知憂慮地奔跑，果然不久又迎來一窩小貓。

大伯家雖有雞肉加工廠需要貓們作業，也不能任由貓口恣意繁殖，通常幾年才會有一窩新小貓，而我們會領養一隻回到城市，家中三花貓花子和橘白貓阿煮，皆是大伯家放養的貓奶奶貓阿姨的孩子。

「哇，要去當臺北貓，好命了。」大嫂總笑著和被領養走的小貓說。

「關在家的貓哪裡好命？留在這裡愛去哪就去哪，多自由，這才是自然法則啦。」

J頗不以為然好命貓的定義。

什麼是好命？家貓整日吃睡，看看窗口鴿子斑鳩無法滿足獵捕慾，怎能媲美大溪田野放養貓的寬闊天地。嘴硬心軟的J見我經常不分日夜跨越大伯田地去看小貓，徵得大嫂同意，仍然將弟弟妹妹帶過來自家農舍，省卻我鎮日想念。

甚至，當天還高效率地用碎木料敲釘了個有出入口的貓籠，讓貓們隨意進出，思慮周全的J在想什麼，我還想不到？

「為什麼弟弟妹妹不能放在家裡？」幼小奶貓活潑好動，伸出手指點點，他們立即上下疊在一起，爭相吸吮指頭。

J瞅了我一眼，淡定回說，「怎麼放家裡？妳又沒有每天待在這裡，這麼小的貓躲在哪層樓？誰也找不到。」

我的確沒有想到這一層。沒有日日居住於此，有何資格收編他們為家貓。來自田野的貓，自由地從這田奔到那田，整個菜園都是遊樂場，躺在紅蘿蔔叢和南瓜藤裡翻滾或午睡，愜意又自在。

關於貓，我想得總是太淺。

初次看著弟弟上廁所，隨意撥翻田土掩蓋解放的泄物，驚訝呆楞原地，放諸天地任他遨遊，而城市三貓，困鎖於家屋和小小貓砂盆，徘徊不超過百步空間，卻忠貞待在身邊陪伴，用牠們的一生。

貓們木造的家，置放在農舍的緣廊前，晚間Ｊ會坐在廊前低矮欄杆，弟弟或妹妹也會躺臥在他的腿上打呼嚕。上課抽不出空去鄉下人家時，有時收到Ｊ傳來人貓相依的照片，我常戲稱他這是老人與貓，孤單的他有弟弟妹妹，我好像稍微減輕一些負罪感。

Ｊ說，「白天弟弟總會帶著妹妹不知野到哪裡去？但是，中午會回來吃飯喔。下午睡個覺，又不知道去哪裡玩，晚上還是會回來他們的窩呢。」

這些回憶，這樣平靜喜悅的日子尚不知如此短暫。

不到幾個月，某日晚間遲遲沒有等到弟弟回家吃貓飯，木造貓房裡只有妹妹獨自窩著，看她不安穩的樣子，Ｊ輕輕抱著她說，「妹妹啊，弟弟去哪裡呢？妳知道嗎？」

妹妹當然不知道，誰也不知道弟弟究竟去哪裡？Ｊ不放棄地在農舍周遭弟弟常去玩耍之處不停尋覓。直至隔日，在距離菜園不遠，靠近鄉間小路的田地邊發現弟弟冰冷的身體。

那時，我因為一早得去學校演講，提前回到城市備課，在捷運車廂接到J傳來訊息，弟弟已經走了。我不知道該回什麼話，只剩下他和妹妹貓的鄉下人家，這一天肯定很難熬。

「怎麼會這樣……」

「應該是誤食附近農夫放的老鼠藥吧。」

我想起J先前說，稻穀收成前附近農夫放了很多老鼠藥，因為田鼠太猖獗總是將辛苦的收成竊盜一空。那時還覺得田鼠也太聰明，懂得如何存糧，沒想到原本噴香的老鼠餌藥會終結弟弟的貓生。

再也見不到流氓模樣的弟弟，妹妹也盼不到哥哥回家了。弟弟和眾多路倒的浪貓一樣來不及回家，就在離家不遠處永遠和我們說再見。J說讓弟弟和已經當小天使的家貓球咪住在一起，讓他們一直留在田裡吧。

野地裡有太多無法預知的凶險，浪貓不僅可能誤食農人投放在田邊的老鼠藥，有時也會被暴戾的野犬撕咬追趕，以前弟弟經常帶著傷回家，我們還笑說流氓弟弟又去哪裡幹架了啊。

我還曾目睹一隻虎斑貓只是想越過雙線馬路到遙遠他方，卻永遠無法抵達，汽車轟轟呼嘯而去，他已倒在路旁了。不知名的貓的死亡，彷彿新聞事件中不知名車禍的死者，我們僅僅只是付出幾秒鐘嘆息，瞬間又被下一則新聞中搞笑的浣熊不停搬運水果所逗樂。

不知名沒有知名的負擔，不知名讓我們的生活如常。但這次不同，因為躺在那裡的是弟弟貓。

「我們還有妹妹啊。」打破整日沉默，J也只能這樣安慰自己和我。

之後大家對膽小的妹妹更是呵護加倍，弟弟路倒當天，妹妹肯定因為怯弱，沒有跟著出去玩。

我們還有妹妹啊。我坐在農舍緣廊邊上的木質欄杆抱著妹妹，她乖巧地趴在膝蓋上，像往日弟弟趴在J腿上那樣。兩隻模樣相似的貓，不仔細判別其實不會發現這不是弟弟。

J的姊姊剛剛就跑過來，哽咽地對我說，「遠遠地看，真的以為弟弟回來了呢。」

那天，大女兒即將外派去紐約工作，在疫情時期格外讓人心慌，送她去機場搭機後，返回農舍，我和小女兒和妹妹貓在菜園竹林邊玩了一陣子，拍了好多可愛呆萌的照片。

隔天又有課要上，只得提前回到城市備課，驅車離去時，妹妹也如常地沿著通往農舍大門的小徑，送行。

誰也想不到那是最後一面。約莫過了一週，妹妹也倒臥在農舍果樹區邊上，永遠睡著了。

這次，我們不再追究為什麼？或許鄉下人家的確不該妄想擁有自由來去的家貓。

或許，一開始就不該叫他們弟弟妹妹的啊。

它沒有消失，只是變成我喜歡的樣子

2022.09.27，天氣晴好

疫情來時的兩年前，隨著感染數遞增，人的自由亦隨之遞減；而我，掉進了烘焙的坑。

大概和墜入情網差不多，深刻迷戀。

經常搜尋各種資訊，筆記、改良、研發還有多少可能性，像是須臾不可分的戀人，每日都想注視觸摸，甚至能區分這次和上次的成品的微妙變化。這是無法丈量的坑。

剛練習烘焙的時日，我想不久便會放棄，心念散漫，行動自然隨之敷衍。

疫情時，物資處處短缺，也只使用隨手可得的器皿，用長筷權充打蛋棒，打蛋白霜的容器還是煮飯內鍋，玻璃質保鮮盒當做烤模，但奶油、泡打粉日常並不需要，家無備品如何是好？

城市的家附近遍布確診者足跡，打開APP統計地圖自家樓下超市也是星星點點。曾從早上點外送直至下午皆無人接單。三五天便想嚐點甜甜的我，撫慰燒腦創作終告句點的儀式，當時顯得不合時宜並無比奢侈。

點不到外送，YouTube倒是推播不少製作甜點影片，逐一看完，心情更加低落，我從未思索甜食於生活中存在的重要性，此刻，卻亟需它拯救禁錮的身心。

看著YT烘焙網紅華麗專業的器具，家裡僅有烤土司的老舊小烤箱，又能做什麼？

「哼，看起來好像也不難嘛。」我竟聽到饞到極點的自己鼓勵著另一個懶散的我，快去嘗試看看。

第一個試做的甜點是洛神花蛋糕，我是哪來的饞膽呢？櫃子裡剛好有J昔日做饅頭剩下的半包中筋麵粉，砂糖、牛奶、雞蛋這些食材都有，再從冰箱深處翻出兩罐吃剩的洛神花蜜餞，用中筋做個稍硬的磅蛋糕應該沒問題吧？

饞到極點的聲音不時冒出來，另一個懶散的自己在疫情蔓延時幾乎消音。

形勢和欲望終究比人強，非常時期，求生意志潛力值大幅上升。買不到奶油，查一下YT可用橄欖油取代做出更輕爽的戚風感，蛋糕表層則是用自己醃漬的洛神花蜜餞裝飾，看起來像模像樣，是個蛋糕啊。

為求精確的戚風空氣感，甚至比較了三四個影片，缺少電動打蛋器該如何將蛋白霜打到鍋子倒扣仍不墜落的程度？

不由思索著寫作的那個我，對作品的完美呈現也是這般執著追究到底嗎？

涼拌、做麵包、當零嘴，冰箱裡平日乏人問津的洛神花蜜餞，像在告訴我烘焙有如創作，自有沉潛內斂的道理，倘若一切皆可拋，只要能做出能吃的甜點足矣。

洛神花熟成約莫中秋前後，秋高氣爽好摘花的時節。以往為追求爽脆口感，去除帶軟刺的種籽，以滾燙熱水速速川燙兩次花瓣，隨後將花瓣攤平在桌面略微晾乾，再佐以貳砂糖醃漬，冰鎮一個月後即可食用，置放冰箱冷藏一年沒問題。

每瓣紅豔豔的洛神，在疫情蔓延時幻化為整年甜蜜持續滋養我乾枯的靈魂，喃喃說著，即使這世界有些人事物終將逝去，未來仍有希望。

我的烘焙路從各種湊合開始，展開之後，儘管演變成看不到盡頭的天坑，陸續採購的器材竟得用大型儲物箱裝置，這樣的揮霍，卻意外的讓貪嗔無比的心得到滿足。

看似我的玩具，這些烘焙器材，我卻絲毫不想讓它們委屈為器，只為日常服務。

我經常摩挲把玩可愛的玩具們，刮檸檬皮的銀質刮刀、不同規格烤模、擠花嘴、中高低筋麵粉、泡打粉、發酵粉、核桃胡桃榛果……皆靜默自守地與我共度了限制人身自由的疫情生活，並將十指一沾陽春水即攪爛一鍋粥的我，化身為踏進烘焙材料店像是泡書店同樣迷醉的那個我。

後來，J收成的香蕉、南瓜、地瓜、柳丁等蔬果，都曾經裝置在我的玩具裡，於我而言，成為甜點的它們，並沒有消失，只是變成我喜歡的樣子了。

大驚小怪之偽農婦

2022.11.08，天氣多雲

「剛去拔地瓜葉，這一排都剃光頭了？我們這樣拔光真的可以嗎？」「儘量拔，幾天後又會長滿了。」大伯笑著說，那抹笑意略有得意之姿。

前些年定居城市時，逢到假日拜訪大伯的菜園總會點燃城市女子的貪嗔痴怨，經常一舉掃蕩有機栽種的蔬菜，彷如百貨公司免費搶購時限將袋子裝到爆炸為止。

長期攝取無農藥食材的大伯，當時精神抖擻穿梭田壟間，無憂無愁，反觀鎮日待在電腦前鮮少移動的我，不時腦霧動作笨拙，肯定是吞食太多基因改造的蔬果所致。

挽著大伯田裡的青菜，像是帶回有生命的植栽，大多是空心菜和不知名野菜，有時混著豔紅小辣椒，彷彿捧著一把繽紛多彩的花束，綠是帶有露水的綠，紅是閃耀彩虹光澤的紅。

埋首其中仔細嗅聞，還有田野攜帶而來的土氣，這和包裝在超市裡隔著透明塑膠袋寫著產地履歷的蔬菜完全不同，實在握在手中的菜葉，是活的。

在狹窄不到半坪的大樓廚房處理沾泥帶土的菜，花費時間相較平日多出兩三倍，首先得挑揀枯黃敗葉，集中眼力剔除菜蟲，有時枝幹中還趴著肥軟如小指般的毛蟲，邊挑菜總要邊配上幾聲尖叫——

家裡的貓常於眠夢被我驚聲嚇醒，衝到廚房東張西望，不解發生何事？

貓大概不懂，不過是挑菜。

有時甚至蒼蠅也搭了堆肥澆灌的蔬菜便車來到家裡，時而嗡嗡翻飛，通常耳朵特別靈敏的小女兒會同時和貓一起察覺，耳背的我，總驚呼「在哪？在哪？我怎麼沒看見？」

後來，搬遷至鄉間生活，J餽贈給造訪農舍好友蔬果時，再次見到當時大伯滿足的神情，像是說著，不止是送菜給你，還送給你健康的無價禮物。

J崇尚友善耕作順應自然栽種蔬果，他習慣收集腐敗菜葉自行堆肥灌溉農作物，屢次帶菜返回城市家自然也夾帶幾隻搭順風車的昆蟲，小瓢蟲、小蚱蜢算是常客，彷彿歷史再次重演，蒼蠅再次現身。我這人耳背聽不見細微拍翅嗡嗡聲，總要發現貓們又在沙發窗檯追逐碰跳，這才驚覺牠們又在爭相補捉獵物。

此時，少不得家裡的女生再度驚聲嘶吼——天啊！快抓住——

女兒隨手抓了家裡最胖卻最靈活的橘白貓去面對，貓眼如雷達，總能引誘貓科捕獵天性，迅速鎖定目標，專注凝視，直至蟲屍沾黏於白牆，方才解除警報。

有次好友H初次來到鄉下人家，同樣在城市成長數十年的她，好奇地探問原是資訊產業出身的J，作為農夫需要具備什麼條件？

「要有三不怕，不怕髒、不怕晒、不怕蟲。」J的回覆簡潔，像是被問了幾百次這個問題那樣氣定神閒。

「喔，那我們肯定不行，我最怕蟲了。」好友瞬間與我對望，笑瞇著眼真是有默契。絕對絕對是不行的，我點頭附和。同時，我想起一件關於蟲的小事。

有次在農舍二樓書桌，發現一枯枝，下意識伸手拂去之際，柔軟的枯枝讓我彷如電擊，立即收回手指，只見枯枝隨之動了起來，瞬間，我淺薄的昆蟲知識告訴自己，這是竹節蟲。

我很冷靜地，找來一張紙，輕輕托起柔軟的枯枝，走到樓下菜園，讓牠走自己的路。那是唯一不刻意驚擾我，而我只能隨之靜默的蟲啊。

我相信柔軟的枯枝至今仍在鄉下人家過著耳朵清淨的生活，只要我不在牠附近驚叫。

沒有一顆蛋是孤單來到這世界

2022.12.01，天氣多雲

冬初，全島籠罩蛋荒，久別好友問候語從「最近忙不忙？」變成「最近你有買到蛋嗎？」群組甚至轉貼生鮮賣場貼出告示：「今日雞蛋已售完，只剩下健達出奇蛋。」

望著早餐菜色：荷包蛋、生菜、切片番茄都是產地直送餐桌的新鮮貨，下午茶點心手作戚風蛋糕，也是自家雞蛋製作，我最好默默吞下「早上我們才收了五個蛋」的炫富狂語。

好友說，缺蛋問題逐漸演變為全島的貧富差距，他已經一個月不知蛋味，連早餐店和餐廳都貼出公告：「因近期雞蛋供貨量不穩，部分相關餐點將不定期停售，或以其他食材代替。」即便是全球性的氣溫變化和禽流感等因素，政府官員卻說，「不是買不到蛋，而是買不到便宜的蛋」這類遠離人間疾苦的補充只會更令人生厭。

住在南部的母親同樣深受數日無蛋之苦，長年茹素的她更需索蛋白質滋養，我差點要脫口而出，「我可以宅配雞蛋給您」，不過，鄉下人家這四兩蛋哪能輕易撥得動千斤蛋事。

遠蛋仍然救不了近蛋危機，誰也解決不了長期無蛋的生活，只能寄望雞隻們日日順產了。

新聞報導顯示，全球性缺蛋原因是：天候異常、玉米太貴、雞太老。

雞飼料太貴可不是今年的問題，開始養雞每次購買碎玉米和雞飼料，總發現不停漲價的原物料已回不去平易近人的起始點了。

J笑著說，「我們雞蛋成本實在太昂貴，還不如直接去超市買蛋啊。」

至於雞太老，養雞新手通常由養雞場汰換的中老齡雞隻開始，這些流落到民間農舍的雞們，胃口很好但生產力不佳。養雞後，恍然得知養雞場通常在春節期間，固定讓換羽雞休息六十天不產蛋，倘若雞場出清老雞正值換血，雞蛋運補線容易斷層，我們想要隨意在超商或雜貨店捧一盒蛋回家更是難度破表。

想起鄉村生活，斑斑辛酸血淚養雞小史，大嫂先讓我們試養的五隻小巧玲瓏的日本雞，有日，未聽聞雞啼，J心中忐忑，至雞舍察看，料想是野狗挑釁悉數咬死了雞隻。

原本在田間自然圈養，移動著大竹筐可讓雞親近土地，擁有遼闊的活動空間，看來需加固籠舍，方能制止這類滅絕慘案發生。那日，膽小如我完全不敢靠近事發現場，J盡量閒淡帶過處理細節，還說自家養的雞像自家人，埋骨於自家田地，化為滋養菜蔬的養分，這也是自然法則。

之後輾轉又換了兩批臺灣土雞，仍敵不過附近野犬由園籬趁隙而入，一再重現血跡斑斑的殺戮戰場，只見J沉默不語，靜靜收拾善後並在田邊立起墳塚。

「我們是不是不會養雞？再養下去是不是害了牠們啊？」我憂心喃喃自語。

「我們不是不會養雞，而是附近的野狗太猖狂，以前的人養雞環境更艱難，誰又是天生就會養雞呢？一定有辦法可以克服的。」

J對於我的不會養雞論點，提出各種改善方式，將自己搭建的雞舍進行再改造，務必無一絲可乘漏洞。自然生態，強欺弱，弱倚強，看似不變的道理，我們又如何能保護每個生命都有出路呢？

之後的之後，第三批來到鄉下人家的十五隻雞，自此日日安心散步啄食，安居在再度加固建材的雞舍，從此不再害怕。

到鄉間生活後，所有的事物都是新的，從雞蛋到雞，看見食物最初的原型，看見蔬果原來是由種籽孵化成芽苗，如何翻土播種，輪種不同節令蔬菜，全照半日照，從科技業退休的J總說，這才是深奧的土地教給我們最好的學問。

關於雞和蛋的問題，我總是不求甚解，去網室裡拔草時，雞隻們會湊過來，隔著網子咯咯叫囂，我把握時機丟進一些菜葉諄諄訓話。

「你們啊，來吃點心囉——要乖乖生蛋知道嗎？」

雞們低頭狂吃不語，J拎著桶子走過來，朝著雞舍倒進一堆「殼」，雞們竟一湧而上猛啄著那堆殼。

「哇——雞都瘋狂了！是什麼特調飼料？」

雞究竟嗑了什麼？簡直和貓食貓草一樣瘋癲。

朝著桶子略微一瞥，我的天啊，是一個個被敲碎的福壽螺，我即刻衝到J身後躲起來。

J望著我有如搞笑藝人驚狂的舉止，笑說，「這些螺爬滿筊白筍水池，剛好拿來幫雞加菜，牠們最愛吃了。」

縱使在鄉下人家生活已然兩年，我還是那個摸到蚯蚓和蟲就不停尖叫的都市女子。我們吃蛋，雞必然也吃蟲，獲取蛋白質的循環不就是個簡單生物鏈，但我還是本能地往後退了一大步，揣著幾枚新鮮的蛋回去農舍清洗，這才是我這個偽農婦唯一能做的事。

入秋後，總算迎來人雞都感到舒適的天氣，雞的生產力略為提升，有時一日可得數顆，著實令人振奮啊。

身而為人，也是可恥，只有淺薄口欲，但到雞舍撿拾新鮮雞蛋，握著蛋彷彿懷抱剛剛形成的小宇宙，窮盡所有譬喻也很難說明那種溫熱到心裡的感覺。

沒有人是天生就會養雞，翻開鄉下人家的養雞歷程，我終於了解沒有一顆蛋是孤單來到這個世界，那需要不冷不熱的天氣、雞仔心情舒爽日日吃得飽，才有溫熱的蛋躺在我們的手心。

田鼠究竟如何偷蛋？

2022.12.17，天氣陰

「這些田鼠越來越囂張，竟然可以將蛋從雞舍運到網室裡。」

Ｊ從鄉下人家回到城市尚未將菜箱放置妥當，便氣急敗壞跟我說，發現網室竟有空蛋殼。

「你不是將雞舍所有田鼠挖的洞都補起來了？」

「是補起來了，但稻田缺水休耕，田鼠沒有食物，半夜偷早上偷，感覺隨時都在偷，偷了還直接吃掉，只剩空蛋殼在雞舍，看了真是火冒三丈。」

「雞看見田鼠吃蛋，都不保護自己的蛋嗎？」

「雞當然會啄牠們啊！不過，也無法阻止田鼠繼續偷蛋，竟然還會『運蛋』到網室去享用，真是高智商啊。」

現在菜農除了得面對天氣劇烈變遷，還得防止田鼠偷蛋，甚至，田鼠「進化」成能夠遠距離搬運雞蛋，簡直媲美ＡＩ智慧驚人。

「我有個問題，究竟，田鼠如何運蛋？難道，你看見了？」

「我是沒看見，之前我們去東部旅行，幫忙餵雞的朋友說，他看見兩隻田鼠同心協力偷雞蛋，真是誇張——」

「怎麼同心協力偷？」

「作家應該很有想像力？不妨猜猜看？」

沒想到我的想像力需要用在推理田鼠如何偷雞蛋，頓時感到哭笑不得，但這的確是非常有趣的案件。

「難道，用滾的？」或許東野圭吾和柯南很快能偵破此案，對小說家而言，我得挑戰。

J翻個白眼，這意思不言自明，答案太蠢，菜園地勢高低不平，如何滾蛋？

「難道——是田鼠將蛋放在肚子上，另一隻田鼠拉著田鼠車車的尾巴，一路將蛋運到網室吧。」被小看的我，不假思索編出童話故事務求邏輯正確，不顧真相是否正確。

「哇，竟然猜得到！好像你也看見田鼠怎麼偷蛋呢。」

「你不如說我也參與偷蛋計畫，我本來想幫田鼠把風呢。」

「唉，總之這些田鼠實在太可惡，我們都沒蛋吃了，我得想個辦法在雞舍設下一些障礙物，讓牠們不能橫行無阻。」

全島籠罩蛋荒，田鼠卻坐享其成，J種菜之餘，還要忙著打地鼠，只能加倍勞動再勞動，無奈之情皆寫在臉上。

農夫被田鼠挑釁的心情略懂，但一想到我家菜園不時上演「田鼠車車」的搞笑片，小說家真心想編故事也編不出來，只能捂住嘴偷笑。

追劇學不到的東西

2022.12.22，天氣晴好

往日，我和J的共同興趣除了旅行，還有追劇。

追劇是個人創作空檔極愛的生活調劑，嚴格而言，劇若好看稍微會沉浸式討論，難看通常直接睡著，更多時候是遙控器被我掌握，J只好跟著我看劇。

但自從他開始農作，在城市的時間驟減，在農地的時間驟增，沒有WIFI訊號的鄉下人家，比較容易讓他感興趣的話題是最近種了什麼收成什麼，遇到什麼阻礙、想要用什麼方式克服。倘若模擬成打線上遊戲，就是補血、打怪、課金、買道具，然後繼續補血、打怪、課金、買道具。

請原諒我如此淺薄譬喻農夫辛勞的在菜園春耕秋耘，或許吃現成的人，嚐起來的米飯菜，總是格外不懂那些汗滴的意義。

飯桌上，他越是慷慨激昂地訴說農地種種，城市女子我越是感到無趣，我們逐漸失去共通話題。昔日還能因為共同收視習慣，彼此稍微閒聊追劇劇型和創作題材的連結，也會批評劇中人物演技和小說人物的設定。

現在的我，完全跟不上他的話題，我仍是個都市女子，關心院線何時上映新片、聚焦串流平台推出新劇。

同時，我猛然驚覺，過去抓著他大談哪齣日劇鋪陳多細膩、哪部韓劇簡直顛覆司法正義韓國真的什麼都敢拍……，過去的我是否如同現在鍾愛種菜的J這般沉醉而不自知？

其實他並不是那麼喜歡那些穿越、奇幻、社長愛上貧窮小職員，甚至南韓女總裁空降到北韓這種荒唐的劇碼。他只是在陪伴我，在創作之餘，在生活中編織情境，那是夫妻相處的談資之一。而我，此時竟然嫌棄他只會講他的菜和他的田。

「他的人生順位，第一是田、第二是菜、第三是蓋農舍。我算什麼東西。」我總是這樣和關注他退休生活的朋友酸溜溜地說。

秋初，聽到J在即將和同學去騎單車半環島前，抓緊時間收成了夏日瓜果，換上冬陽蔬菜，如數家珍說著高麗菜、花椰、芥菜、芥藍都逐一播種，萵苣、A菜、蘿蔓大陸妹、芹菜、蘿蔔、地瓜、番茄也都如他預期中慢慢成長。

彷彿慈愛的父親看著孩子繳交期末考成績單，上面每個科目都有不錯的成績，非常欣慰的神情。

「你一定覺得努力沒有白費吧。」我忍不住讚賞他的耕種成果井然有序。

「嗯，剛好相反，這陣子努力大多都是白費的，反而是學會了要尊重自然。季節更替、順天應時，本來就是平衡法則，得不到，就不要強求。」J邊說邊夾了一口自己收成的佛手瓜。

不知怎麼，我發覺J說出了以往我們追劇時也學習不到的東西，他已經往前走到一個我望不到的遠處，而我還在原處徘徊。

2023 有雞有菜有貓的日子

春日的絕美與哀傷

2023.02.21，天氣陰雨

春日一來，近日菜園裡各種蔬菜的花朵紛紛綻放，有種擁有後花園的錯覺。

通往鄉下人家大門的小徑上，去年J的同學特別慎重地給了幾支紫藤扦插，她強調這些紫藤在她天母的家爬滿棚架，希望可以在我們農舍好好地傳宗接代、綻放芬芳。

J遍尋整個菜園，選中了自家筆直的鄉間小路，還在竹林空隙布置格狀支架，讓紫藤攀爬。但之後，諸事繁忙，我們逐漸遺忘還有未了的花事。

下午，如常自城市驅車到鄉下人家，打開大門，遠遠地，便看見了一串串紫色夢幻。

「哇，紫藤花開了呢！好美喔——難怪大家都總要不遠千里到日本看紫藤。」我仔細數了數，有幾串紫藤花。

我像是多情的攝影師，顧不得微雨撐著傘為串串紫藤取景，特寫、中景、遠景拍了十幾二十張還不夠。

但美的事物總是有瞬間幻滅的隱喻，一夜大雨後，隔天我撐著傘去看紫藤們，已經七零八落，紛紛墜落泥地。

J將紫藤的棚架略為整理一下，感嘆說，這像是之前栽種的無花果，一下子就夢碎了。

是啊，之前朋友託種的無花果，經歷兩年收成，彷彿也是存在亞熱帶短暫的夢，如今只能憑弔它們曾經的甜美滋味。

而紫藤，藤蔓猶在，不知道明年還會不會再開花？

玉米養成記

2023.03.10，多雲時晴

「為何我們家玉米這麼矮？可以幫它們施肥嗎？連我都比它們高。」站在玉米身邊不由悲從中來，風一吹，搖搖晃晃、瘦骨嶙峋，彷如參加飢餓三十再加六十的玉米們，要不是將要抽穗，實在懷疑靠這幾片醜不拉嘰的葉子可能結實累累嗎？

「像大陸妹這類菜只要澆水就會長大，幾乎不用施肥，但玉米葉子是黃綠色時，一追肥就會變成深綠色。」

「天哪，在菜市場買的不就加了很多肥料，三根一百，還以為便宜，吃得那麼開心。」

為了吃到玉米，幫不成農事，我可沒少操心，原來美到像湖水綠的葉子包裹的玉米，專來詐騙我這種癡心的澱粉控啊。

「自己種菜以後，市場那些美到像仙女的菜，我才不敢吃。」J邊說邊拖出水管來灌溉菜園乾燥的田土。「也是種菜才知道，如果沒打農藥或追肥，所有的菜全都賣相差，但自己吃沒差，圖個安全。」

J看我仍然怔怔地望著在風中搖曳如柳絮的玉米，他拍拍我，安慰偽農婦經常誤食而不務實的胃口。

「你知道附近菜農，會留一小塊地，不噴藥的，專種自己食用的菜。」

「好像真的有欸，散步時有發現，怎麼一排排整齊的菜，忽然有個角落長得亂七八糟。」

「什麼亂七八糟，那才是健康的友善種植，外面賣的菜還是少吃。雖然我們家糯玉米個子瘦小，前兩年收成還是不錯，算是種得很好。」

「今年呢？還沒見到半根玉米？」吃貨立即很關心我的最愛。

「大概今年太晚丟種子讓它長苗，竟然出現很多蛾類產卵在葉片背面，開花抽穗後，成蟲就跑進去，變成蛾，整根玉米就毀了。」

聽到嗜吃的糯玉米可能有蛾，自行腦補恐怖噁心畫面連番湧出，我千萬拜託J切勿讓蟲現形，澱粉控怎能因此產生玉米陰影呢。

只見J露出一絲冷笑，完全無視太太的恐懼接著說：「現在氣候根本不照規則來的，整個失控。年前我發現收成甜豆竟然會裡頭混有碗豆，可能透過花授粉的豆科，也出現混交情形，我想會不會在哪個平行時空發生小重疊？所以這次種玉米，考慮以時間與空間區隔，不知道這個實驗是否可行？」

「你竟然說出『在哪個平行時空發生小重疊』，這是天文還是科幻術語？這不是常識的知識吧？可以從種菜體會到這個境界，你究竟是農夫還是科學家咧？」我實在驚訝到有點語無倫次。

「種菜有時也是會有超現實的體會啊。」J淡定回答。

「我習慣你比較務實回答，超現實的想像，屬於我。」我也不動聲色回應。

「妳記得去年讚不絕口的糯玉米嗎？這次不要種單一品種，今年我知道只要不考慮留種，其實就算有雜交也無妨。這次收成會有糯玉米和水果玉米，還不知會種出什麼品種的玉米？請期待。」J又出現一抹意味深長的微笑。

「品種雜交的玉米嗎？記得留給我，不准給別人，知道嗎？」

見我雙手叉著腰望著整排抽穗的農作，彷彿玉米富翁的口吻，J笑著回我，「妳這麼愛吃玉米，還好是雜糧類的原型食物，不然光是澱粉量就壓垮妳，又要說『沒吃什麼也變胖』。」

「我很節制，每天吃一根玉米，就不吃飯了。」

「妳三餐真的是沒在吃米飯，但澱粉攝取還是偏高，那些蛋糕、餅乾、洋芋片，全都是澱粉。」J說的是城市家沙發旁的零食籃子，滿滿是我看稿的重要調劑。

奇怪的是？我確定J的零食胃肯定大於我，他看電視也會開始攝取那籃餅乾、洋芋片、瓜子花生……，我只是偏心於玉米，就惹來一串挑食結論。

不過，整個菜園這處種了南瓜和冬瓜、那處種了空心菜和地瓜葉，我單單讚美了玉米，忽略其他蔬菜也需要鍾愛的眼神和愛。

或許是我心眼很小，倘若不是真心，隨意敷衍說說也很虛偽，還不如忠貞愛著我的唯一。

其他蔬菜有J的愛足矣。

萵苣和火龍果

2022.07.09，天氣多雲

近來逡巡菜園，一面辨認幼嫩菜苗和雜草的差異，一面望著那畦小萵苣苗，巴望著它長大夾進麵包咀嚼的我，總是褻瀆了植物存在的意義。

人類就是這般剝削其他生物讓自己的存在產生意義的物種吧。

我承認自己對生菜捲餅存有莫名迷戀。仍在上班的時日，捷運出口小攤必會遇見兩位綁著花布頭巾的姊姊，小捲髮那位熟練鋪苜蓿芽灑花生粉，扇開幾片蘋果夾上碎絲萵苣，短髮這位則靈巧地撥動五指捲起薄餅套進袋子，交付我手的早餐彷彿包裹好整個田野的稻浪蟬鳴，經常連吃好幾月不厭膩。

毛巾形狀的生菜捲，打包我無窮盡的想像，足以餵養八小時掙點支出剛好與收入打平貧瘠薄弱的生活，但不能算上信用卡分六期房貸二十年攤還的未來時間，隨便精確算計，這人生彷彿一點也不值了。

沒想到，J提早退休後，幾經波折，後中年期的我，總在餐桌寫作的我，在自家農舍終於擁有書房，順帶擁有夏季白日不絕於耳的蟬叫，蛙聲鎮夜亦不歇止。

兩個樂團首席輪番攻占耳道，爭相搶先席位不留下絲毫縫隙給其他，竟使我萌生荒謬的想法。

我開始嚮往置身寂靜荒涼空谷，甚至嘗試戴起耳機阻絕蟬與蛙糾纏，寫不了兩個段落，八哥又在樹梢放歌糾纏，這回仍然輸給動搖的心性了。

索性摘下耳機，戴起草帽袖套換上球鞋，信步移動至環抱農舍的菜園。

也沒什麼想做或不想做的。J包攬所有農事，我僅僅是少做少錯，毫無念想放空，或許是最有助益的農事，我總是這般安慰自己。

先是將門廊前露養多肉的雜草拔去，隨之走進南瓜藤蔓在門前蜿蜒的迷宮小徑，摸摸剛結果的甜椒，路過棚架冷不防彎曲的小黃瓜勾住我衣袖，再隨手將墜落黑網的百香果撞球一般碰底袋滾進手中，最後在綠蔭如蓋的甜柚樹下撿到一顆提早成熟的小柚子。

一日收成看似句號，時則是刪節號，最後，翻閱手機照片時，J指著張牙舞爪的火龍果枝條說，妳看，這裡藏著一顆小果實。

我注視著鱗片般包覆的果，真似松果模樣。想起去夏，J曾說辛勞整個季節看顧火龍果，僅得一果，想著要養大一點再採收，這心裡話卻被鳥兒聽見，隔日清晨便來偷食。像是貧窮人家豢養唯一的雞大意被狼叼走，之後J在蝦皮購入上百枚果袋，恨恨說，原來火龍果也要套上果袋珍貴養著，明年絕對要收到幾顆果實才行。

「還好，之前火龍果花開，搶先炒了一盤菜。」Ｊ像付出與收穫不成對比且損益不平衡的菜農安慰自己。

今夏，交錯蜿蜒的枝條間再度僅得一果，不久自行腐爛落地化為春泥，早早斷絕我接近棚架探望火龍果的念頭。

「這個果啊，不是送給鳥吃就是變成肥料，空即是無，無即是空。」Ｊ已然化身得道高僧口吻。

我呢，可是欠缺這般修行，幾次翹首眺望空蕩蕩的枝椏妄想不存在的果實，好想吃一口自己種的火龍果啊，連虛構也是多汁甜美的。

整個菜園，這裡那裡寫滿我鄉村生活懺悔錄，我總是不厭煩地問Ｊ，這個能吃了沒，或再換句話問，吃了還會再長嗎？一副吃乾抹淨吃貨嘴臉。

種菜不是你想像的那樣

2023.07.24，天氣晴好

有日我在農舍窗檯挑揀多肉盆栽的枯枝敗葉，J始終彎著腰在門前忙著什麼？定睛一瞧，他竟然拿著毛筆在南瓜黃澄澄的花朵上刷來刷去，甚為不解？

「喂，你在幹嘛？」我乾脆走近看個仔細。

「幫南瓜交配啊。」

J在南瓜叢裡快意的寫書法，叫做幫南瓜交配？而且他還直接摘下南瓜的花，到處點來點去，彷彿施行巫術。

「什麼？這不是蜜蜂或蝴蝶的事嗎？」

「這也是農夫的事。你有想過，昆蟲可能有自己的事要忙，不知道我們家菜園的南瓜花開了。」J一副我少見多怪的口吻。

「欸，你好像比我還會編故事，我不信——」

「真的啦。去年我也是這樣幫忙授粉，南瓜的收成增加一倍。」

「你Google查來的吧？」

「不是，是大哥教我的，還可以直接摘下公花去碰觸母花，這樣結果率更好。」為了佐證，J搬出比他早十幾年便開始務農的大伯，的確可信。來到鄉下人家之後，從農機具使用到播種採收，不論大小事J都會諮詢自家大哥。大伯需要搭建網室或需要人搭手，也會隔著田地大聲叫喚弟弟，有時望著歲數相距十二歲的兄弟忙碌身影，總錯覺那是一對父子。

「所以，南瓜的公花和母花還要靠你幫忙交配，我總算懂了。」

「基本上，會開花的農作物，昆蟲幫忙授粉當然最好，但總不能被動等待，我發現蝴蝶蜜蜂實在不多。」J像在教導未婚男女求愛指南那樣笑著補充。

附近的田地的確大多種植稻米，或是孵育種苗，這些都是不需要授粉的農作。我忽然領悟了某種道理。菜苗並不是種下澆水等著長大摘來吃這類一條龍的做法，而是需要日日照盼，像是撫育嬰兒那樣關注冷暖，記錄成長幅度，步入青春期時也得讓散發的費洛蒙得到完美的結果。

我將自己遲來的領悟說給J聽，只見他淡淡表示，種菜不是你想像的那樣。

他的意思是像我這種光說不練的人，光是想像也不能種出菜來。

方圓數十里的農家，我想只有我獨自想像著菜園裡的菜如何誕生，又如何步入青春期，遇見了契合的對象，戀情終於開花結果。

純正的鄉下人家絕對認為這些蔬菜天生天養，自有規律，但擁有這些想像，實在讓偽農婦的鄉村生活充滿意趣，每一天都是新的一天，就像今天看見了J為南瓜們舉辦了婚禮，真希望它們早點生出小瓜瓜。

如果南瓜知恩，應該要包個紅包給證婚人J，而且我還見證了他牽著雌南瓜的手，鄭重交給雄南瓜，祝賀它們早生貴子。

可惜參與婚宴的只有我，但至少夏末初秋到來，我會收到南瓜的伴手禮。

瓜瓞綿綿愛恨也綿綿

2023.09.01，天氣晴好

至鄉村生活後，有個問題深深困擾我，短時間攝取同一品項蔬菜，像是貓只能吃同一品牌飼料，為何貓不會膩？

啊，還可選擇罐頭或肉泥，貓的奴總是盡其所能取悅、承歡左右，不可能令牠有一丁點不悅。而鄉下人家與貓最大的差異是，貓食有較長的保存期限；我們收成蔬果，得趁鮮吃，只能不停餵食自己同款食材。

食材的單一選項，讓我的眼耳鼻舌身意全皆成為反對黨。怎麼變著樣吃，苦惱依然，夾肉或加蝦拌炒，甚或碾成碎末混合麵粉假裝鹹派或甜點，都是騙術。

彷彿回返叛逆青春期，我乾脆和J直說，且不知感恩地說，暫時不必搬運蔬果回來城市給我了。

「咦？是要做仙？還是施行飲食控制走火入魔？都不吃嗎？」

明確表明不吃農人辛勤種植的農作物，大約和作家耗費多年苦心創作，卻有讀者不屑地在網路論壇放話，這樣的書不夠格擺在我的書架上同樣傷人吧。

「不是這樣啦，最近也吃太多絲瓜了，我真的真的吃到沒創意了。」我收斂一點叛逆，好聲好氣和J說，並繼續補充，「俗語說，強扭的瓜不甜，強吃的菜也是不香嘛。」

「都給你說就好——反正，我每天都會吃，甜的很。吃不完，就讓它掛在棚架上，自然風乾，可以當菜瓜布用。」

「嗯，真是很棒的絲瓜，奉獻一生。」我的結論有點敷衍我知道。

無論是絲瓜、匏瓜、冬瓜、南瓜，瓜類季節，吃到最後我總變成不可愛的瓜瓜臉，只能說出討人厭的瓜瓜話。

吃什麼？在鄉下人家僅次於種植蔬果和農事話題，成為話題也很簡單，偌大農舍只有我和J，通常我刻意胡說，J還認真作答。沒話好說時，便捉本書來讀，總能暫時平息無聊的爭論。

農舍的地下室總是二十度上下恆溫，適宜藏書，我們將城市裡爆炸蔓延的書籍，螞蟻搬運那般儲存於底層。護著精神食糧像是貓護食，暫且不必擔憂城市裡爆炸的書架。

有一層架擺放的皆是自然生態書寫，隨手翻開蔡珠兒的《紅燜廚娘》，「夏日以各種方式抵達，從銀河，以暴雨，到荷塘，在絲瓜。長年都有絲瓜，但一定要等到夏天，絲瓜才會肥美可口。而肥美的檢驗標準有二，一是瓜籽細柔若無物，入口滑潤如絲；二是瓜味清甜甘美，如空山初雪，如冷泉釃茶，餘味悠遠裊裊不盡。」〈舞絲瓜〉所敘述的一切，道盡一顆好瓜如何洗滌身心靈，的確勾動我想再吃點絲瓜的意念，儘管已連吃一個月。

作家筆下的絲瓜，一如空山初雪的色澤我可領會，剛摘下的瓜輕輕刨下綠皮尚且鋪排著綠白紋理，我有件薄針織上衣也是如此色澤，穿上它總有自然涼的感受。二如冷泉釃茶，或者生吃亦鮮甜有味，差不多入口滑潤如絲的境界嘛。我揣想若非熬煮成絲瓜泥，亦近乎醬，J愛瓜如子，他總認為原型食物不宜建設亦不宜破壞，絲瓜還是帶點年輕的種子與纖維脆口滋味為妙。

我想起收成第一顆碩長絲瓜的喜悅，J煮了絲瓜蛤蜊湯，舀一碗湯彷彿置身畫中又似身處森林湖畔，綠白浮水，喝完暑氣盡散，那真是夏日吃瓜的美好啊。

但我們家的絲瓜，後來真的很任性，我從未見過這麼囂張的絲瓜。

農家採收成果經常隨機搭配各種食材化為菜餚，好像不吃完這批菜，代表之前辛勤播種、拔草、疏果、灌溉等農事全都白做工，吃下自己種的菜是種負責的態度，自給自食務求不浪費。

「春吃芽、夏吃瓜、秋吃果、冬吃根。」先人流傳的節氣習俗，我也不想違背自然法則，只不過是，一個人面對著吃不完的瓜，卑微的，小小抱怨著。

然而，分明夏末秋初了，絲瓜棚上仍開滿小黃花，可想而知，接下來的日子還得不斷地進食絲瓜炒蝦米、絲瓜煨蛤蠣、炸絲瓜、絲瓜豆腐湯……

我的天啊。好想吃點別的，我只能以唇語對著天訴說。

可不可以不要有九月呢？

2023.09.17，天氣晴好

J說，最近來鄉下人家蹭飯的貓貓又變多了，至少有三隻以上，其一是大伯家的灰貓，其二是隔著鄉間小路那頭的胖橘貓，還有一隻是小橘貓。

我自小喜歡貓，J受影響也跟著對貓有好感，吃魚時總會刻意吃得不是那麼乾淨，餘下魚肉，為來蹭飯的貓貓加餐飯。但時序來到九月，我討厭惘惘然的九月，除了額頭冒的汗珠驟然止息，秋季的訊息即將開展，這個月份總是傳遞沒什麼事永遠美好。

每年九月一過半，臉書回顧不忘提醒我，我摯愛的白貓無預警生病了。一個月內從六公斤瘦成四公斤，所有針劑營養品皆無法挽回，每年看著過去的自己始終憂傷地書寫想念他的文字，他在我懷裡闔上淚光湧現的眼睛。

家裡仍有兩貓，生活總要繼續，儘管心裡有塊空洞永遠暗著，沒有我摯愛的白貓來點亮，始終暗在那裡也沒關係。

有時兩貓不發一語望著牆角，或各自鑽到覆蓋桌巾的小桌子下喵喵嗚嗚一陣，我都當是大白貓回來找他們玩了。然而，家中每一處角落，縈繞著雪白影子，搬動書本時，我也常盯著他遺落的毛毛，柔軟白皙，捨不得拭去一團團棉絮仍然攀附在書背，彷彿他某一天趴在書櫃邊上甜甜地午睡。

大白貓離開後，隔兩年，我們又和住在鄉村的大伯家繁殖的小貓裡認養了橘白貓，維持了三貓總和。

穩固的三角使得生活不興波瀾，風吹不皺地每天餵貓清貓砂餵食餅乾肉泥，我的手機裡留下三貓更多眨眼瞬間。

彷彿一切沒改變，這個家，這些貓貓。

我卻明白自己變了，真正變成一個懦弱的傢伙。

我不再鎮日摟抱著貓，將自己關在房間工作，不再花很多時間為他們寫下愛。並不是吝於愛，而是太愛了。我覺得大白貓球咪一定懂我的。在心底暗的深處，要花多少時間才能再度亮起來的光，我還看不見。

每年一次的想念總是太少。懦弱的我，卻還是等著九月，到鄉下人家時，就去大白貓的墓地獻上他喜歡的甜蜜點心，即使螞蟻搬走絲絲點點，排列在泥地的虛線，一筆一畫，那是球咪說，收到想念了。

做洛神花蜜餞的好日子

2023.09.20，天氣晴好

昨日J就預告今日有得忙，會讓我腰都直不起來，因為所有的洛神花都要趁鮮採摘一起清洗，分離花朵和種子，預備做幾罐蜜餞。

一早起床，果然看到整個廚房盛放著一盆盆洛神花，此生初次目睹偌大水槽變身為巨大花器，亦是無比新鮮。轉開水龍頭，水嘩嘩地奔流在比城市小廚房雙倍大的水槽，格外痛快自由。來到鄉村，彷彿長久蒙在眼前那層霧忽然散去，事物的輪廓原來不是過往所理解的那樣。

洛神花在乍冷猶寒的三月初播種，尚未滿開前彷如紅燭火，約莫九月下旬便可察覺每株棲宿的枝條，鳴放著七八個小鈴鐺，告訴農人花都開好了。

附近農人總任由花枝歪斜躺臥田邊，或許，於專業者落花是自然，凋謝敗落，化為春泥滋養土地，我們卻執著將這一刻的甜蜜留下，一朵也不能少。

洛神花躺在手心，花是搖鈴小鐘，催老師下課那種手搖的小鐘，木製手柄，中央有一小擊錘，輕輕搖晃會發出不驚擾人的尖銳，宛如從遠方籠罩著霧氣的小路，有輛單車徐徐靠近並響著車鈴的聲音。

搖晃的小花鐘，浮沉於水碗，一朵朵喚醒舌根酸甜滋味，秋天的瑪德蓮那樣，叫我們如何能嚥下往日回憶哪。

每一次都小心地將花握在虎口，手執麵包刀，不銳利的刀鋒沿鐘型花朵徐徐環繞一圈，紅豔豔的花朵咚地點頭墜落於瀝水籃，手指方能安適而退。但剛才花瓣內緣，卻突然湧出成串的紅螞蟻——我不由喊叫出聲，心下一顫，彷彿蟻族細小節肢全在指尖嚙咬。

我本能跳離水槽邊，拋開麵包刀和花朵彷如從潛艦撤退的士兵，紅螞蟻離花奔竄，只見餘下的鋸齒狀花萼還緊緊托著渾圓的蘋果綠種籽，它亦不知前一秒花瓣宇宙已然翻覆。

蟻族沿著水槽光滑的不鏽鋼表面放射狀逃去，或者，並非逃，是沉浸於花蜜後驀然警醒也說不定。螞蟻交頭接耳，誰記得返家路線，誰又想起留戀花鐘漫長的時間，曾以為的甜蜜，原來是險境，已經跑到窗檯邊上的一隻紅螞蟻這麼說。

適才激昂呼喊，還是引來J探問，建物空曠帶有天然回音，想必恐懼也被放大分貝抵達彼處，我朗聲回說，沒事，只是螞蟻。

瞬時，J的笑聲也回送到此處，他總笑我怕蟲怕髒，怕這怕那的，怎麼能適應鄉村生活。腦海不自覺又浮現那句還缺什麼？我以為那是宅在城市樓房的安逸順遂還盤旋身心，遲遲未將鄉村房子填滿的緣故。

又思及，藏在花心的蟻，剛才也不曾有囓咬人的念頭，是貪圖甜蜜的我瓦解了共生的循環。其實，不只螞蟻，還有白色橢圓蟲卵寄生在花瓣內緣，製作洛神花蜜餞時，總要一朵朵細細檢視，發現緊緊貼附的蟲卵，總要辣手摧花，細瞧赭紅厚實的花瓣，覆有縷縷繩狀紋理，一花真有一世界。

一朵一朵，將花填充玻璃罐，一層花一層糖，花魂不死，因為它們已經好好地接受了注視，透明罐子裡的時間，也說明著，這一季長成的美麗。

凝視著攜帶軟刺的種籽，晒乾後裂開的蒴果，可是下個花季的希望。

想到久未聯繫的南方家人，四散而居，也像蒴果五分為治，各自生活。若是，將做這幾罐蜜餞的時間，耐心地和父親講講電話，再和母親視訊求教作法，我們的關係是不是會更親近幾分？

捏著柔軟花瓣出神地返回童蒙被遺棄的時光，此時，一隻瘦小紅螞蟻忽而從水槽底部穿越殘渣鑽出，迅速攀上手腕，抵達裸露手肘，癢也從心底陡地升至喉頭，不容思索，手肘瞬間傳來尖銳針刺的痛感——沉靜兩秒，遂以一枚破裂的花瓣盛起牠水滴狀的尾腹，推開廚房紗門，眨眼瞬間，蟻族已隱沒泥地葉叢。

作家賈平凹曾說：「人既然如螞蟻一樣來到世上，忽生忽死，忽聚忽散，短短數十年裡，該自在就自在吧，該瀟灑就瀟灑吧，各自圓滿自己的一段生命，這就是生存的全部意義。」

如此一想，心上仍爬搔著癢。返身回到水槽，繼續整治洛神花，紅焰如火的花瓣在奔瀉流水中浮沉，反覆淘洗也反覆思想，好像還缺點什麼呢？缺的是……長久以來駐紮在心窩的恐懼，不時從時間縫隙鑽出來嚙咬吧。

手中花事暫歇，脊椎和肩頸，痠疼與僵麻緩緩充溢身軀，以熱水川燙晾晒的洛神花瓣上水滴流轉，投影光的倒影，瞬息化成霧。

日光斜移，透過紗窗網格切分成密集光束，打開廚房後門，大伯家栽植的香蕉樹又來打招呼，扇葉掩映中竟瞧見遠方炊煙縷縷。趁著天光，該去採些菜來做晚餐，來到鄉間，可不能再倚靠超市和外送熟食哪。

前往菜圃途中，餘光瞥見螞蟻列隊沿排水溝往田壟前進，泥地底層有牠們歸返的路線，始終有來處可去。

手上沾帶泥土的菜葉沿途灑下星點痕跡，彷彿告訴我，我也有條篤定踏實的回家路了。

我的Y2K生活

2023.10.08，天氣晴好

近日看新聞，提到這兩年的流行時尚是Y2K，其實在鄉村也近似有復古元素的生活。

Y2K是指九〇年代末期到兩千年初的穿搭風格，當時適逢網路興起，所有的事物處於新舊交換的時期，真的很像剛剛來到鄉下人家生活的我。

在城市裡不會這樣生活，但是去到鄉下，網路訊號經常只剩一格，有時甚至只有3G，必須走到頂樓某個方位訊號才會陡然升為兩格。在頂樓放眼望去都是稻田，我只差為自己頂個天線，只求收個訊號也難以求全。

「收不到就算了，反正也沒人找妳。」

J一副局外人的口吻，他極端厭惡被手機綁架生活的人，手機充一次電能用上一整天，不玩手遊，沒裝無用的App，至多聯絡要事傳個LINE訊息。

他這個退休老農，追求的就是遠離3C，親近土地，回歸原始生活。

久而久之，偽農婦我多少也被J感染，此處收不到訊號的手機，耳根暫時清淨沒人找，代表這世界沒有什麼重要的事需要我馬上立刻回覆。

城市女子我來到鄉間第三年，總算發覺城市少了我，鄉下人家多了我，大自然仍然無所改變。

吃一把菜或許要等一兩個月，市場賣的蔬菜肥美鮮嫩，但為求速長可能下的肥料也多，等待一把菜確實必要。要吃顆蛋要看雞的心情好不好，天熱天冷地震頻仍雞們毫無生產力。附近沒有鹽酥雞和手搖飲，連要買支霜淇淋快走到小七來回要半小時，步行至最近的全聯購物往返要一個鐘頭，方圓十里沒有任何可以交談的朋友。

我好像漸漸有點喜歡這種寧靜的Ｙ２Ｋ生活。

畢竟這世界惱人的事，空污、溫室效應、病毒蔓延，不都也有自己縱容衍生的一份，虛偽的事我都想戳破，辦不到的事就儘量袒露心意，一有負面情緒就消滅它，越來越難相處，無事也不惹塵埃，似乎更接近佛家所云，心中無所求，無執念的境界。

我將自己小小的頓悟和Ｊ分享，沒想到他竟說，「你頓悟還早得很，每天還花很多時間看ＦＢ和ＩＧ，不時在幫手機充電，電池低於80％就焦慮，談什麼不被３Ｃ綁架呢？」

Ｊ輕巧地破除我的迷思，我只是假裝自己在過Ｙ２Ｋ的生活而已。

鄉間散策路線

2023.11.01，天氣晴朗

「住在這麼好的地方，怎麼能浪費周圍這麼好的風景啊？」

記得去年某個午後，走在二期稻穗結實累累的金黃稻田，霎時秋風送爽，好友不由發出喟嘆，更說明居住此地我卻鮮少出門漫遊，簡直虛度光陰。

「呵呵，住個兩天，妳就知道究竟多難走出家門，要不是妳想來看落羽松，我哪有機會散步。」

不專業農婦的甘苦，農事做不了，腿腳無力走不了遠路，「一小圈，就一小圈，隔天妳自己來走外圍的霄裡池、落羽松森林，回來吃早午餐，剛好。」我果斷宣布今日步數已達標，好友想繼續遠走，恕不奉陪。

趁著天色尚明朗，看過田野落日，只想盡速返家，鄉間夜色說來就來，加上遠方不時狗吠，心底浮起惘惘威脅。

走出農舍，對我而言，成為刻意為之，也是託辭。

從城市移動到鄉下人家，我只喜歡待在農舍和菜園，什麼都不做，或者什麼都做，自在不需規則的生活。

什麼都做的範圍極廣泛，可能是汰換半月未曾更換的床單被褥，或趴在地上用一方舊毛巾將整層樓面抹過，髒污的水一桶桶換，心情也一層層的乾淨明亮。還有點力氣，就將儲藏室前陣子帶有濕氣的客房床組，全捧到頂樓曝晒一次，最後聞到一樓烤箱往上漂浮的蘋果肉桂香氣，才想起手揉麵包該出爐脫模，順便得清洗烘焙的器具和整理廚房雜物。

待做完這些那些，天色便靜靜地暗下來，連菜園裡的樹影也模糊難辨了。

「妳說說看，來這裡兩三天，差不多都在忙這些事，我哪有時間散步？」

「妳有妳的堅持啦。但問題是，好風好景在眼前，這樣太浪費了。」好友隨意採摘田邊的咸豐草花，笑著說要回家插花瓶。

「在這裡生活，隨心就好，沒有什麼事是浪費，帶著時間規劃的想法，特意來住兩天，對我來說，這才是浪費。不要求效率，放輕鬆才是，什麼都不想，想做什麼就做什麼。」

鄉間散步，必須依照友人進度，是她認為的務實。看似理直氣和的回覆，一直被催促快來散步的我，有點氣，順腳踢走一塊橫亙產業道路的小石子，也踢走不該存在的情緒。

我喜歡隨心所欲，傍晚時分，獨自走出農舍閒晃，向左走是桃園地區特有的埤塘大池，向右走是尋常的鄉村小徑。

左右我的是心情，倘若只有半小時，沿著埤塘來回，若帶著朋友漫遊，順著右邊鄉間小路穿行鄰近田野、看看別人家農舍建物風格，規矩的不規矩，有時是外牆鮮豔的鵝黃色澤，有時是庭院深深地將建物圈在鐵柵欄之中。

我們的農舍是雙拼三層樓建築，外牆塗抹低調的鐵灰和米白，農舍後側是大伯家的菜園，圍繞農舍彷如括號的前院是自家田地，J的農事像落葉掃了又飄下新的，經常無法一時了結，整日不出門時有所見。

我呢？烘焙蛋糕或麵包皆是費時的勞作，收拾所有細瑣家事，終於可以憑桌修潤稿件，一回神，已是日落西山、時不我予。

難得好友來訪，走出家門是條僅容四人座汽車行駛的產業道路，也就是倘若兩車會車，有佛心腸的一開始會在路口等待直行車轉彎，無心亦無情的只顧勇往直前，其中一輛得要往前開到兩百公尺遠的下戶農舍前車道迴轉，說是車道，不過是家門前較為寬闊的腹地。

鄉居最令人欽羨的正是，門口即為停車位，家門前停四部車毫無問題，兩百公尺遠的鄰居家可是有廣大晒稻場，打開大門經營停車場也毫無問題。忽然想起城市裡有些畸零地忽然變成小型停車場，好像是有點問題的，難道蓋一棟房子不如投資停車場？或者經營停車場才是有遠見的投資？

從產業道路另一端繞遠路前往目的地，或者在寬闊處等待剛剛迎面而定的汽車經過……距離農舍約莫五十公尺處倒是有兩個加油站，但想去個便利商店買罐啤酒或冰棒就要再走個來回一公里。

通常在燠熱夏季，沒有裝設冷氣的農舍像是文火冒泡的小煮鍋，儘管過了正午四面過窗而來的風浮散涼意，格外需要內心平靜，傍晚時分去步道散步降溫是最好的選擇。

在附近散步，也可以選擇右邊這排臺灣欒樹路線，我猜是前年區公所栽植的，差不多也是我們剛到鄉下人家生活的那一年。

越過排排站的欒樹步入田邊小徑便是灌溉的圳溝與相鄰步道，沿路皆種植當季蔬菜和稻米的農地，走上一小圈，步行最遠他方抵達落羽松林區，復返回農舍約莫七千步。夏日綠意洋洋的松林沁涼如水，三五好友至林間野餐別有意趣，冬末整座光禿禿的松林有種落盡繁華美人卸妝之感。

落羽松最美的時刻，我見過，是那年初冬迎來最寒冽的冷鋒，松針一夜悉數轉紅，每枚松針彷彿上了胭脂，它們低語著又撐過了這一季嚴寒。

後來，再也沒有那一年讓人眠夢醒來，窗櫺套上紅色濾鏡的風景了。

每年初冬，親友格外央求我們傳遞落羽松轉紅的訊息，但冬雨總是無情打落整年渴望，沒完沒了的雨，一枚枚松針只能落在地面，成為樹林鋪被。走在細長柔軟的針葉床，幾乎沒有任何聲響。

至今，已有三個冬季不曾再現染上胭脂的松林，不禁懷疑第一年到鄉間生活遇見的紅色落羽松森林，或者只是幻境。

今日是蘿蔔日

2023.12.05，天氣陰霾

冬日漫長的陰霾季節，最適合整理農舍雜事和清洗收成的農作，譬如剛剛J一舉收成的蘿蔔。

蘿蔔各個碩壯結實，頗有日本大根氣勢，甚有長出手腳宛如人參，不可思議根莖植物在泥土之下暗自密謀的成長計畫，或許正是耙開土壤之際，露出臉的剎那，讓日日耕種的農夫驚喜並撫摸它的臉頰說，長得真好。

清洗數次後，將漫長冬日濕冷水氣包攬於一身的蘿蔔，我偷偷咬上一口，竟然泛著梨般水潤清脆的口感。

吃著J勞動的成果，總有置身事外的感覺。

或者精確而言，從城市來到鄉村居住的這個我，並非是真實的我。我只是假裝自己已經很適應此地，像個農婦那樣協助J簡單的農事，譬如拔草、餵雞、採摘蔬菜，但這些在農事領域甚至還搆不著邊，我只是搭把手、幫忙吃，僅此而已。

我想起夏宇的詩句：「抒情已經完成／可以置身事外／剩下的是動作／用來置身

事內。」來到此地，已經完成的抒情是鄉村氛圍，J打理的農舍和菜園讓我得以置身事外，身為偽農婦的自覺是，做不到「剩下的動作」，也就是漸漸感受到置身事內得深深墜入那個世界。

那個世界是J所打造出來的退休樂園，而我，只是恰好參與了整個過程，並擁有居住資格。

偽農婦今日的自省特別深刻。

是因為陰霾的天氣嗎？數次想起城市裡的家，附近舒適的生活圈，走出社區大門不消十步就有全聯超市，社區門口還有好幾線公車，往左走十分鐘抵達捷運站，往右走五分鐘有郵局，再往前走十分鐘有大型教學醫院，沿途有五六家便利商店、小北百貨、手搖飲店、特別香酥臭的臭豆腐和水煎包……

距離鄉下人家最近的便利商店來回得走上半小時，只能打消去買一碗熱騰騰的關東煮的念想。

欸，我們收成很多蘿蔔，整鍋關東煮加量又加味，湯頭也會特別甜的。這麼一想，空氣都暖起來了。

濕度一百的日子

2023.12.12，大霧

起床時，我習慣憑窗望向遠方田地，昨日漫過田野的綠意，剛播種的秧苗，遠處的果樹和更遠處的落羽松，悉數刷上一層白霧。

鄉下人家旁有一大水池，說是池有些污巇它廣袤腹地，霄裡池在桃園地區只是眾多埤塘之一。我曾多次自國外返回臺灣，當飛機沿著海岸線轉個彎飛進桃園腹地，所有的埤塘彷彿大地之眼，凝視著風塵僕僕的我們返家，眨也不眨的眼睛，我每次回國在高空與埤塘對望之際，總有欲淚之感。或者，桃園的埤塘也像母親那樣，永遠倚著門窗擁抱歸來的孩子吧。

雖說住在池邊不遠，水氣自然使得南風吹起的日子更為濕濡濡的，但傍晚時分至池邊慢走一圈，看看垂釣的人，將晚的風吹動池邊整排筆直的落羽松沙沙作響，大自然的音樂輕拂過面頰，像是將城市裡的那個我，輕輕刷上一層鄉間氣息。

陰雨天加上池水，今日濕度手機氣象ＡＰＰ顯示一百。

一百是能將人也擰出水來吧。被褥和地板似乎都散發著水氣，昨日換下的床單和被套，只能又繼續塞回洗衣籃。

濕度一百的日子，適合什麼都不做，只要用手指在窗玻璃畫晴天娃娃，希望明天是個好天氣。

種豆不得豆

2023.12.15，天氣多雲

鄉下人家很容易種豆不得豆。

譬如冬日剛來，尚有兩月過年，方種下芥菜苗，不料來個全島追雪超狂冷氣團，芥菜，菠菜苗、茼蒿……凡是當季菜苗皆不敵驟降冰寒逐一陣亡，僅剩下層層結球的高麗菜仍在網室撐著。

「所以，我們過年沒有自己的菜能吃了？」憂心忡忡的吃貨我再度提出疑問。

「至少有蘿蔔，今年蘿蔔還可以。」J微笑。

那抹笑容深不可測，還可以的意思略懂，因為前年蘿蔔長得更好，堆滿廚房洗碗槽，各個渾圓結實的白蘿蔔，讓我整個下午洗刷沾帶的泥沙，手痠腿麻腰也疼。

我擅長勞動腦細胞，不擅長勞動肢體，沒用的偽農婦還有什麼好說嘴，整治一點農作物，還不如讓我寫五千字小說。

寫小說很看重人物衝突和事件因果關係，那麼，種菜呢？

分明如此努力地黎明即起，夏日炎炎汗滴下土，酷寒冬日冷風拂遍周身，只要得空便在菜園耕耘的J，播下的種子或菜苗難道不是良善的因，老天爺為何總是賞賜苦果？

種菜是種修行，不求有，也不求無，老天爺給我們就是賞賜，J常這麼說。

悟性差無法苦行修身的我，倒是常拿J收成的菜蔬來做實驗，我是這麼想的，菜蔬離土後化為餐食即是死亡，成就人類存活，那麼將豐收或有瑕疵的蔬果變成另一種模樣，也像是迎接蔬果的新生。

每年我總辛勤地做洛神花蜜餞，尚未遷至鄉村，大伯田地採收的洛神花也會悉數交給我，那是屬於秋日的禮物。

但這次不知哪個環節失誤，難道是雨中匆忙採收沾帶水分過多？或當天裝罐的貳砂放得過少？六罐竟有五罐變質，彷若變心的情人毫無挽留餘地。在冰箱靜置一個半月的洛神花蜜餞，出國返家，玻璃罐上緣已結出一層薄薄粉白的黴。這是連續幾年手作蜜餞，初次嘗到失敗的果。

「倒掉一半，下面應該能吃吧？」惜福的J還想著自己食用。

我搖搖頭，只要食物發霉等於菌絲已深入肌理，最好的方式還是重回大地化為堆肥滋養下一批農作，J立即迅速倒光幾罐壞掉的洛神花和其他菜葉堆肥混成一片。

我想起有次看韓國綜藝《種豆得豆》，那是藝人們實地種植農作物的實境秀，據說習慣重口味韓綜的收視群眾對宛如紀錄片的節目，接收度不高，但我卻非常喜歡。

他們跟J一樣也去育苗店買茄子苗、青椒苗、撒紫蘇葉種籽，甚至隨意將吃過的西瓜籽吐落田壟，也不特意照料，不意結出幾枚西瓜。

看著他們為可能日晒過量的菜葉鋪黑布，為茄子搭支架，為防止農作物被山羌偷吃架設監視器，不論大小農事都跑去問隔壁農夫，為了長高一點變胖一些的蔬菜大聲歡呼，心想這不就是J。

「看到家中院子裡的櫻桃樹長出櫻桃，覺得非常感恩，這個櫻桃不是為了我長出來的對吧？覺得櫻桃光是存在就讓人非常感恩，有時候真的很開心。」參與演出的金宇彬由衷讚嘆收成帶來的喜悅。

光是存在就讓人感謝，咀嚼話語餘韻，也檢討自己這兩年為何不及時感謝我們家的草莓。

去年有時乍冷還熱、有時乍熱還冷，種植兩三年的草莓叢全數腐爛。路經網室，已無昔日蓬蓬燦燦匍匐一地的草莓，紅與綠裝飾著甜蜜。

以往總能等來結果豐收，彷彿年末的聖誕禮物落空了。後來J勉強整治出幾株瘦弱的草莓芽苗，沿著網室邊緣再次種下希望。人在城市的我不死心的傳訊問J，草莓還好嗎？有長出來嗎？

「妳以為吃什麼轉骨配方，哪有一下就結草莓啊。」

「我知道沒那麼快啦，但我就很想知道它們好好的……」

過了五分鐘，J傳來一句話，「它們很努力活著。」

它們很努力活著，是草莓，還是這菜園裡所有農作呢？

歲末年終，像是開展一本新的行事曆，有期望亦有逝去的惋惜。或者，光是活著，種豆也有不得豆的時候，那不止只有努力就能辦到的。

2024 鄉村生活圖景

原來不是我想的那樣？

2024.02.07，陰天

又有一週沒到鄉下人家，只見J忙著清理雜草，春雨綿綿，萬物生長，蔬菜茂盛抽長其中也包含數不盡的雜草。巡菜園時被幾朵淡黃色澤的花吸引，有如朱槿的花瓣渾圓大氣，我深深沉迷於花之美貌，忍不住為它拍了各種角度寫真。

「欸，你種的這是什麼花呢？」我點開照片問J。

「我只種菜啊，種什麼花？」

J停下手中翻土的耙子，湊過來看我手機，驟然笑出聲來，「這是秋葵的花啦。」得知這麼絕美的花長大後是秋葵，我立刻「啊——」驚叫一聲，說著真可惜。我最討厭秋葵、青椒、茄子這些菜，希望J接下來不要種這些菜，但我有些許預感望向育苗店買的菜苗。

「剛剛買的那個葉片像手掌大的是什麼菜？」

「茄子啊。」他很淡定的回答。

我恨直覺為何準到令自己髮指，輕輕嘆了口氣，以為只有自己聽見的音量。

「但是，茄子花很美喔。那天我看到大哥田裡，他為茄子插了小木條，茄子花是紫色的和茄子的果實一樣，非常美——」

J加重長音強調茄子花非常美，是想讓我解除戒心嗎？

那是絕無可能的，可以欣賞花朵綻放的美好，但絕對無法接受茄子進入身體，那會讓我徹夜難眠。

小時候還討厭苦瓜，但嚐過鳳梨苦瓜雞湯後，竟然毫無苦味，苦瓜已變身為平凡入菜的瓜類而已。那時，有種自己不再是愛挑食的小孩，目前的我已成為能慢慢吃苦的大人。

理想狀況均衡攝取最好，也不致於都不吃，但能不吃我心情會比較愉悅。

我有個朋友更誇張，對他來說茄子、秋葵、冬瓜、苦瓜、薑……彷如可怕苦澀的藥物難以入口，虧他還能長這麼大也是不容易。或許，挑食的孩子，另一個胃口是無底洞，這個威力不能小覷。

離開鄉下人家的路上，車上北二高，望著土城山上處處綻放的桐花，梅雨季一來，這些美將要紛紛墜落。

我默默想著，美的事物背後，總以另一種姿態警示我們莫要被皮相迷惑，也莫要以醜陋定義目前所示現的一切。

或許等我能全面接受茄子、秋葵那天，就如同某些完全變態成功的昆蟲，蛻變為另一種面目，能接受人生就是充滿各種不得不接受的滋味，你得面不改色吞下它，無論是苦是澀。

旅行紀念物

2024.03.02，陰雨

在鄉下人家，得靜心，尤其有雨的時日，跨出門即是泥濘，身心更得沉靜。

寫稿中場休息，農舍裡裡外外有些小風景，那是來自各國的旅行物件，讓我想起某個時空，我們落了隊，遠遠落在某家粗陶店門口，滿地粗胚陶盤陶碗陶甕，J只想買兩個胖陶杯。店主慢吞吞地尋來滿布木質纖維的紙張，仔細地包了好幾層，在那裡，我們彷彿不是旅人，而是住在附近出來散步隨意買了杯子的夫妻。

在雨中，眺望不同窗口，天窗的光，歲月靜好，喧囂的總是人的心。

跟著旅行帶來的物件不總是美好的，譬如放在農舍二樓書桌的陶瓷馬賽克杯墊，是不辭千里從以色列帶回的，如今以色列又和鄰國戰火喧囂，成為無法旅行的國度了。

當天我深刻記得，我和J在紀念品商店為了這個杯墊發生爭執，多年一起同行旅伴C瞪大眼望著我說，「沒想到你們也會吵架啊?沒想到J會像個小孩賭氣啊？為這個吵架也太無聊，妳就買吧。」

「即使吵架，我還是會買。我是為自己而買。」當時憤憤然不論如何都想擁有這個馬賽克杯墊的氣勢，讓C覺得有趣。

而J本來想買個陶壺，他竟然放棄轉身離去，因為我已經買了馬賽克杯墊。為了太太買三個杯墊而爭吵的丈夫，我覺得實在不可理喻，J的理由是送朋友可以，不可多買，我的想法是，為何我不值得擁有一個杯墊？

這件關於旅行紀念物的小事，往後回想，仍然沒有對錯之分。

後來又去他國旅行，J從此不再為我購買紀念物而生氣，「可買可不買，我們買的都不是需要的東西，而是滿足自己的欲望。」

他這話有點哲理，當時卻無法說出這般讓我們同時放下陶壺和杯墊的話，是時間，讓人梳理了當時的紊亂情緒，也就是C所說不值得為這件事爭吵啊。

牆上數十個來自各國的杯子，是我們達成共識的旅行物件，其他欲望必須捨棄，也只能捨棄。但我的物欲經常失控，尤其碰到博物館各種材質的書籤、絲巾、畫冊、飾品等，完全說服不了那個想將異國回憶濃縮在這些小小的紀念物的自己，取起又放下，迂迴踱步，最後還是將這些本來就不需要的物件跟著我飄洋過海回到小小的島國。

疫情那三年，國境封閉，我得到了上千個日子重新審視長年征戰行旅幾十個國家帶回的紀念物，人身禁錮的時候，來自遙遠國度的風、氣味、人們的微笑彷彿都附著在這些物件，讓我瞬間回到旅行時光。

倘若什麼皆可紀念，已然無處安放，我撫摸著爭吵而來的陶瓷杯墊，回想旅途中的爭執已然成為另一種紀念了呢。我當然知曉J是介意家裡那些數不清的寂寞杯墊，而不是吝惜我多為自己再買一個。

望著這些各自乘載不同故事的紀念物，翻閱往日，早年自助駕車旅行，在阿拉斯加雪地拍攝極光，在芝加哥高速公路雪地上車輛打滑三百六十度原地旋轉，那些生死一線，那些長途飛行，後來跟團旅行總有緊湊無比的午夜即起趕搭早班飛機，或者在不易取得簽證的國家如玻利維亞排隊面試的場景，歷歷如昨。

無法遠行，諸事纏身的時日，撫摸旅行時帶回的物件，當時好奇、新鮮、充滿趣味的細節，有時並非欲望，而是跟著紀念物展開回憶，留待這個百無聊賴的雨日，慰藉一顆蠢蠢欲動想要出走的心吧。

兩個家

2024.03.11，晴日

自從擁有兩個家，心的煩惱是細瑣日常永遠沒有劃上句號的時候。

「這邊的床單我才換過，可以不用換，地也不用擦，才擦過。」

半月有餘不曾至鄉下人家，我還夠資格寫這個專欄嗎？懷抱對此地帶有歉意的情緒，總覺得需要做點什麼。J看我又捧著乾淨的床組備品準備汰換，隨即眉頭一皺，喃喃表示，整週皆是落雨天，無法晾晒衣物，換什麼床單？

「可是，你睡的這半邊全是髒的，兩個枕頭還深淺分明，不行——我習慣每週換床單。」

憊懶主婦我，實在沒資格維護睡床潔淨不顧其他。首先城市家的書桌一團亂，堆疊各種參考書籍、備課資料、評審作品、奇巧文具、怪誕小玩具、大小不一的記事本、電腦、iPad，加上保養品、化妝品、飾品、藥品……還要留點活路給電源線、充電線迂迴前進。

我大概是在製造一個唾手可得的洞穴那樣布置小書桌。

J看著城市不到三坪的主臥總要搖頭嘆氣，到最後只能無視亂源，眼不見心不亂，僅淡淡地說這哪像個有紀律的作家。

我算是準時交稿的作家，但作家外在形象在我這裡，大概只存在海馬迴，不存在實體空間。除了雜亂L型小書桌，狹小主臥室僅能來回走三步，一張大床，書桌下三個抽屜放置家居衣物，一小衣櫃收納過季衣物，屬於女人所有裝扮，長裙長褲短袖長袖，包包帽子圍巾襪子總是這裡一落那裡一疊置放主臥大床尾端的木質地板。

「真佩服妳，亂成這樣，找得到想要的東西嗎？」

「我也佩服自己，這裡房間太小了，我沒有地方放所有的東西。」

有了鄉下人家後，J在農舍三樓留了個小儲物間，不常穿的衣物和旅行用品暫時棲身於彼處，不料這空間迅速滋長出諸位好友饋贈的幾套床組，涓滴成泉成瀑布成海，儲物間成為僅容一人側身轉圜之處。

是故，城市這方繼續蔓延亂源，我無法移植更多長物至彼方。

「我覺得亂源可能是旅行。每次都要翻出四季衣物來搭配行程，旅行後尚未歸位，遇到換季，或是下次旅行來臨，不免又翻出一堆東西。」

「旅行不過是藉口，要不，就丟一些，才能買新的，不然還是一團亂。」

這些話於我而言永遠知易行難，最後為了夫妻和睦，一個少言，一個也不少買，最後兩者乾脆避而不談以求家庭和睦。J可能沒想到家有妻，尚有兩個女兒，三個女生加起來的物事不可小覷。

但多少還是得自省，每逢換季丟十幾件衣物短暫有個了斷。有時想丟的是書，太多書早就不合時宜，年輕時每本書皆想擁有，J皆想留，所以農舍地下室沿著四面牆整齊釘著雙層書架，容納著我和J的閱讀時光。書，倒是一本也沒少的增生。

鄉下人家的書桌倒是整齊乾淨，書桌玻璃敞亮地倒映竹林倒影，亂的氛圍不足，我竟無法寫作，倒是經常打開藍牙音響、捧著書沉浸在無此乾淨明亮之處。每本書的書頁都沾染鄉間氣息、鳥兒啁啾、風吹過稻田吹過菜園抵達我的窗，我不想寫作，只想感受遠離塵囂的片刻安寧。

我逐漸發現自己在兩個家，存在著兩個我。

課餘得空抵達農舍，總會戴上橡膠手套，從二樓開始打掃擦桌抹地換床單，去三樓儲物間整理客房床組，一套套整燙摺疊整齊送進收納袋，再收拾旅行散亂的用品和衣物，最後回到一樓廚房準備做烘焙，手揉麵團做雜糧麵包、打麵糊做戚風蛋糕。

「你不用做這些事，又不髒，沒有人要求你做。不用做麵包和蛋糕也沒關係，有饅頭和蛋餅可以吃。」

「我對髒的標準和你不一樣啦。這裡廚房這麼大，做烘焙多好，所有工具一字排開多自由，我喜歡在這裡做點心。」

J通常也是嘴上唸叨，什麼髒什麼亂都隨我任性而為。

忙完這些事，約莫這三天兩夜的鄉村生活也將結束，待我收拾背包準備返回城市授課，一個字也沒寫。毫無進度一點也不可恥，我帶回了鄉村草木的氣息和放鬆的身心。

「好羨慕你，有這個不必攜帶行李就能抵達的世外桃源。」

「我以後退休也要弄塊地、蓋農舍，金屋藏夢。」

「想吃什麼就自己種，多好，多健康啊。」

來過鄉下人家的好友，不乏以上讚嘆，擁有兩個家的我實在說不出困擾自己的難處。說出來，未免不識好歹，說出來，像是得了便宜還賣乖。

我說不出來，兩個家，有時真的顧得了這個就會忽略那個，像是無法偏心說最愛誰那樣苦惱。

「什麼都不必做啊。不要在這種事上鑽牛角尖。」J不止一次這麼說。

問題的確是我彷彿什麼都沒做，又好似做了很多事，兩個家依然一團亂。

回到城市家，堆積如山的家事仍然等著我，雜亂或秩序，我的標準是一樣的。

在鄉下人家拾掇的一切，回到城市大樓小小的家，心也跟著狹窄，如何再複製肉體的勞動。只能儘量恢復外在整齊，也恢復心的齊整，終於得空在堆積小山群的L型書桌，回復那個書寫狀態的自己。

坐在紊亂有序的書桌，在電腦打下「兩個家」，心裡輕輕嘆了口氣。

一個家都理不好的我，只能掌握好WORD檔裡的新細明體，文字之外的生活細瑣，對我而言，點滴皆艱難。

誰的農場比較忙？

2024.04.02，天氣晴

趁著好天氣，J在菜園耙土準備種下剛買的小菜苗，早上五點起床的他，夏天也躲著烈日做農事，睡過午覺，兩點多展開第二輪工作。

我呢？菜園的事永遠幫不上忙，通常J會來喊我，一是有貓來，二是新開了美麗的花。兩種呼喚，太太都喜歡。

明日有好友想來體驗鄉村風早午餐，趁著手揉麵團發酵的空檔，稍事休息。滑開手遊APP，說來有點恥，我也有農場要照顧，熊大農場的菜和水果得收成、各種農作需要製成各種料理，魚也沒釣到一定數量無法完成各種料理運送跑火車任務，還要救援其他農場的火車貨運……

「你的農場也是很忙嘛。」

J的聲音從身後突然冒出，我的手機差點滑下地，忙不迭笑著說，「喂，我在收成的時候，不要嚇我——下次你在菜園做事，我也忽然出現在你背後，看你要不要收驚？」

「你那個農場能吃嗎？」

「你的農場可以同時養豬養牛又釣魚嗎？不要管別人農場的事啦。」

「不要吵——各玩各的農場。」

難得來鄉下人家的小女兒正在專心繪圖，兩句話迅速終結兩個農場主的紛爭。

40％降雨機率的這一天

2024.05.01，陰雨

J不只一次問我，為何總是隨身掛著沉重包包，彷彿頃刻將離家出走？

我大概是那種不信老天也不信自己的人，身為怕熱怕冷怕風怕雨的女子，怎麼和這位手機鑰匙皮夾一撈便瀟灑出門的男子吐露擔憂？

沉甸甸的包包在身上如蝸牛殼，溫水瓶、漁夫帽、折傘、薄風衣，甚至束口袋裡置有摺疊妥善的圍脖，隨時滿足需求方才安心。我是夏日躲在荷葉下的蛙，冬日僅願露出一點手腕腳踝的綿羊，身軀如蝸牛拖沓黏液，緩慢揹著我的殼移動。

我信氣象預報也不過於相信，最終只能信自己的體感，逐漸活成出門總把半個抽屜背在身上的都市女子。

絕大多數女子如我，寧可白得像鬼，也不願加深一點色階晒出斑來。紫外線或降雨機率，手機App或網路隨處可查詢，各縣市鄉鎮逐三小時逐日甚至一週預報，換來的數字，尚未至鄉下生活的我，曾經深信不疑。

來到此地後，我才發覺，蝸牛時尚算什麼東西？

近年來已換成領口呈荷葉狀的舊T恤，舊長褲裁掉褲管誕生了工作褲，甚至之前上瑜珈課彈性六分褲適於伸縮最是合宜，跟隨旅行的寬大草帽，也化為去菜園拔草或鬆土時遮住火辣艷陽的頂上涼傘。

儘管並非嫻熟農事的合格農婦，這副裝扮至少在鄉間小路晃眼看去有幾分阿桑款式，相信不會有人反對我的說法。不過，方圓一公里內，除卻那位駝著腰背對我整理葉菜的農夫，杳無人跡，這裡的確不需要任何時尚。

這麼一說，自鄉村生活這幾年，半個抽屜重量的隨身大包已許久不復見。

趁著春末，體感尚為發展為蒸籠熱包子，我捉緊時間蹲在網室裡鬆鬆草莓叢的土。先是摘去腐爛枝葉，挑出有強壯母株走莖的分株，一株變三株，三株變六株，目前網室約三十幾株分支都是等差級數變化而來，但是草莓只宜嬌生慣養，算不上CP值高的作物，經常幾日大雨，果實就趴倒在泥濘裡軟爛到底。

「咦？你不是剛種了菜苗，氣象預報說，接下來幾天都不是好天氣。」我疑惑問J，他正在為剛播下的菜苗灑水。

「氣象預報哪能相信，即使顯示這裡50%降雨，範圍這麼大，我們可能就是另外50%的不下雨的天氣。」語氣淡然的J，總有本事讓凡事必問的我成為愚婦。

氣象預報經常在五天前急切預警，外套長袖棉被不要急著收，周末還有一波鋒面，尤其雷雨包集中在北部，嚴防連續強降雨……每小時輪番轟炸的預報，彷如全國人民皆是健忘者，不斷提醒大雨將至、人車皆要閃避啊。

「如果是70%降雨呢？」我不相信J此刻卻相信氣象預報繼續追問。

J停下拍打雨鞋沾土的手，直起身子眺望遠方的山巒說，「妳看，今天雲層很厚降雨機率是40%，要看天象啊。下午就是下雨的那40%，我們得了半日好天氣，早上正是不會下雨的60%。」

這個說法，姑且按下不表，過完半日，再來驗收正確答案。

先去洗晾床單，刷了球鞋，順帶將受潮的舊書放在二樓有陽光爬進來的地板上做了半天日光浴，吃完菜園裡摘的蔥拌麵，最後還有一點春日草莓，削去送給螞蟻因而產生的空洞，裝滿一瓷碗，泡上門口採摘的幾枚薄荷沖杯茶，這是我的鄉村休足時間。

就著昨天沒看完的小說，端把有靠背的椅子擺在二樓陽台門口，飽腹，有風，有天光，小說翻不了下一頁，不久眼皮開始沉重。

咿——歪——咿——歪——

窗外竹林發出老舊門片開闔聲響，鑽進耳畔像是即將發生恐怖事件的襯底配樂，一陣涼風吹來，細細癢癢的什麼飛到手臂上，驀地，我想到那40%終於來了。

我即刻從椅子上彈跳起來，衝到陽台朝著菜園裡的J大叫——下雨啦——

餘下這半日，整個菜園籠罩著毛毛細雨，那種淋一下也不會濕身的雨。J仍不得閒，他忙著拔草疏苗也加披一層木板在雞舍上方，即便是雨天，仍然搬運土石圈地或修整圍籬，無限孳生的農事不可能因小風小雨而暫停。

春日仍料峭，上下浮動的氣溫，讓節氣不甚真實。我抱著待換的被套，摸摸羊毛被胎彷彿團團棉絮都偷偷含著水氣，或許認真擰一擰將要出汗，這裡實在太濕了。我喃喃指著App顯示的90%濕度給J看。

「根本不需要看App的濕度，只要吹南風，整棟房子連地板都是濕的，乾布怎麼擦都沒用，這就是梅雨天氣。」

或許是長年待在建築物或地底捷運，城市生活日久，對季節真切變化，有時需要想像真實的天氣究竟如何。在鄉村，卻能看見佛手瓜抽出新芽蔓藤攀上枝椏不自覺發出，啊，是小滿的節氣了。

「欸，明明節氣才小滿，就這麼熱，真的做不了事。」這陣子，總是才摘幾個甜椒和拔些四季豆，我就揣著小桶準備走回農舍躲太陽。

「不是像妳這樣躲著太陽做事啦。等妳起床，雞都叫到生氣了。」

「欸，我昨天趕稿趕到半夜……不過現在雞怎麼叫，我的確都聽不見了。」

「真的，雞都放棄妳了。天氣越來越熱，我現在改成五點起床去菜園餵餵雞收收蛋，八九點來吃早餐，再去地下室整理工具，吃完電鍋裡蒸煮的糯玉米，結束午餐開始午睡，睡到太陽晒不到床邊，再去打掃雞舍菜園隨便做點事，拔些地瓜葉來做晚餐，夏天只能求個起早趕晚的效率。」

「你隨便做做的事，我怎麼隨便也做不到。住在這裡，真是看老天爺臉色，連氣象預報都不能相信，這麼辛苦，付出根本不符合收穫啊。」

「拜託，妳去問問隔壁老農，誰跟妳一樣小鼻子小眼睛算術啊。妳看喔，像是紅心芭樂整棵樹結果量，扣除落果，再疏果，送給蟲吃的，收成後能吃的果子其實不多。但是，果樹就是這樣，從樹苗到長大結果都要花兩三年，不能因為不符成本就不種啊。」

他的意思就是這菜園注定是虧本生意，而且是精算不得的數學，我實在無法想像說出這話是往日掌握金融系統分析的J。

後來，有位嫻熟預估氣象局降雨機率的專業人士跟我說，倘若是40%，是指這個地區有一半左右的面積會被雨水覆蓋，而不是這時段有四成機率會下雨。

以往在城市生活對季節的變化，只有冷熱風雨，在這裡卻能真切地因為農作物抽出新芽蔓藤攀上枝椏而發出，啊，這麼快又迎來立夏了。

如何精確計算降雨好像也不重要了。只要連續下雨的日子，J總是在家裡整理農具和種子，我則拾起尚未完結的小說繼續閱讀，跟著雨而來的濕氣，一點一滴攀附在家中各個角落，掛在屋內數日不見乾爽的衣物，得趕緊整燙再收納整齊。

晚間將手揉雜糧麵包送進烤箱後，得一空檔，依著門廊感受庭院因著節氣的細微變化，微風送來草葉夾雜水氣的清新氣息。興致一來，我套著短筒雨鞋踢著小水窪，一面抓抓小腿肚揮走惡狠小黑蚊，記起晚餐的魚骨殘肉尚未倒在門口的貓碗，附近胖橘貓晚點會來吃點心呢。

前院草叢青蛙呱呱絮絮，合奏仲夏夜之夢，昨日早晚還得披件薄衣，今日就走進亮晃晃的夏天。

J在二樓喊著，記得上樓時鎖上大門關燈。只有40％降雨機率的這一天就這樣結束了。

這方與彼方的角落生物

2024.06.21，天氣陰

這兩日持續擔憂剛栽種一批菜苗的J，人在東北部小旅行，提起這波鋒面綿延的雨可能會泡爛了菜苗根部。旅行好友笑他，既然要當看天種菜的農夫，何不豁達些，頂多就是重新再種，沒菜吃而已。

這兩天我們暫別鄉下人家的農作，東北部持續有雨，我們仍按照原訂計畫抵達棲蘭神木園區和龜山島。

在梅雨鋒面籠罩下，棲蘭山區晴一陣雨一陣，情緒諸多變化，神木群的命名非常文學，讓人有進入時光隧道之感。全景紛紛仰望，也獲得許多樹冠避羞照，神木老爺和小花小草全體配戴晶瑩小水鑽實在太吸睛。但很多時候我總在注視樹上的苔癬、倒下朽木、斷枝殘根、樹洞冒出的攀藤植物……這些角落生物有種曖曖內含光、低調行事的感覺，我格外喜愛它們。

有時暫時離開習慣生活之處，換個視野也能看見許多原本存在周遭卻忽略的人與事。天晴有風和日麗的風景，有雨的日子也是生命的滋養。

返回鄉村，雨沒跟著來，天倒是放晴，J立即直奔菜園檢視菜苗，他說還好桃園地區降雨量不多，總算所有的苗都安好抖擻地站得直挺。

我跟在他身後，注意的倒不是菜苗，而是菜園裡的角落生物。像是鬼針草開的白花、不知名植物的黃花，還有那片長在茭白筍池邊的魚腥草，J的姊姊曾說老人家相傳魚腥草煮湯或煮茶都對身體很好，池邊這一大片在雨後顯得更加翠綠鮮嫩，J遞來竹籃讓我悉數全都採摘，晚上來煮雞湯。

採著採著，傍晚的蚊子也對我發動攻擊，還沒採完魚腥草，小腿已讓蚊群飽餐一頓，就在我左腳右腳交互跳躍躲避吸血大軍轟炸時，發現了竹林枝條上纏繞著一片綻放著彷如傘狀煙火的植物。

我摸了摸像是只有傘骨撐開的小白花，小巧可愛的模樣，之前並未在鄉下人家見過它，竟然不知不覺整片的蔓延於此，我大聲喚來在雞舍那頭打掃的J，要他來看看這是什麼原生種嗎？

他一看立即驚呼，「啊，竟然這裡也有小花蔓澤蘭，我前天才除掉一片。」

「小花蔓澤蘭，這名字也太美，我要查一下它的由來……」

「名字美有什麼用？我查過了，它是生態殺手，會攀爬纏繞在作物上，讓作物無法正常成長、行光合作用，不久作物就會枯萎死亡。」

「什麼——，有這麼美的名字，結果心狠手辣，簡直是連續劇裡長得漂亮的女人都是蛇蠍心腸。」本來想摘下小花蔓澤蘭插在玻璃瓶裡的我忽然一陣氣憤，被它的美蒙蔽了。

「雖然有點誇張，差不多就是你說的這樣，以後發現它，要跟我說，要趕盡殺絕才行，你看它的花序這麼多，風一吹就到處繁殖了。」

原來不是所有的角落生物都是想像中的無辜可愛，也是有這種長著可愛無辜的臉，欺騙我的情感的。

農夫的天命

2024.07.11，天氣晴時偶陣雨

這兩日有感冒症狀的J略為咳嗽，回到城市家看過醫生，僅只休息一日，他勞動的靈魂自行飄往田園，早晨醒來，又不見蹤影了。

想起昨日收看天氣預報，還叨念著下一波鋒面即將靠近，我警覺地問他，該不會明日還要去種菜吧？果然他顧不得醫生交代多休息的囑咐，早已移動到鄉間趕工農作。

這幾日我忙著在城市家閱讀評審一箱稿件，並未隨之前往。近午，他傳回堆好的田埂在雨中菜園成為一團爛泥的照片，「整個早上做白工，剛下了一陣大雨，田埂流失了，種的菜苗又要爛根了。」

「那怎麼辦？」我最近常問他的口頭禪，充滿無奈卻也幫不上忙。

「重新再來一次啊。先用石頭圍著，防堵淹水，怪的是菜都長不好，草，超強勁，長得比菜還好。咦？太陽又出來了，等下拔草翻土，買苗補種，重新再來。」

重新再來一次。倒是跟我寫小說很相似，每次開頭不如人意，我可以重新再來好幾次，不惜砍殺兩三萬字毫不心疼。

但夏日種菜，嬌嫩的菜苗不是在連日多雨的狀態滅頂升天，就是在炎熱日頭晒得乾癟薄脆。喪失求生欲的小小菜苗亦與我相像，一點苦都吃不得，有點太陽禁不得晒必然撐傘戴袖套，梅雨時節，那可是窩在城市家趕稿屬於我的好天氣。

吃過午餐，沒等到訊息，打了電話給J，一是關心病情，二是叮嚀吃藥。我毫無過問農事的意念，他又顧自說著，「瓜苗生長狀況奇慘。想說，是我沒認真照顧的後果嗎？剛剛去買菜苗，育苗店老闆說，大家來補苗的反應都是一樣的抱怨啦。到底是怎麼一回事呢？」

「大家都不知道怎麼回事，你這新手會知道嗎？」

「不再試種就沒得吃，老闆回答得很實在吧。還是得接受老天的考驗，只能說氣候變遷太劇烈，每年都有不同狀況呢。」

「好啦，你愛試幾次都可以，記得要吃藥，要休息。」

我看不到J的表情，但感冒未癒的他，或許就是這樣勞動，淋雨、汗濕、曝晒、又渾身大汗淋漓，不感冒才怪。我覺得整個菜園最無畏風雨、意志堅定的應該是他，比雜草還強韌。

下午，他又傳來訊息，「竟然又下雨了，有種等於沒種，又要重新再來了。剛好，我休息一下吧。」

有雨的憂愁，也有雨忽而襲來順便休息的小確幸。樂天，不忘初心，應該也是J退休後體驗到身為農夫的天命，不只是看天吃飯，而是無為而治。

偽農婦的真心話和笑話

2024.08.28，天氣晴好

「咦？這棵樹的檸檬怎麼只結了兩顆？」

「這兩顆是還沒長大的甜柚啦。」

「長得也太像檸檬，你確定甜柚沒有偷偷外遇檸檬嗎？」

只要一陣子沒來鄉下人家，走一趟果樹區，就會遇見悄悄結果垂掛在樹間，尚未成熟的果實，我望著它，它望著我，像是轉學生遇到班上曠課最多的鄰座同學，誰也不認識誰。

J完全不想回答無知偽農婦的各種問題，轉身顧自拿著耙子去翻土。

在鄉下人家我有一百萬個疑惑？為什麼這個果子不是超市看到的顏色？為什麼這個菜長得跟蛇一樣能吃嗎？為什麼這個叫樹薯的傢伙不是長在樹上？

J清閒的時候會極有耐心的回覆，像是孔子有教無類那樣無所不答，忙碌時絕對不要問他太多問題，他可能會像孔子教訓個性直爽卻缺乏才能的子路那樣，直接回我，「妳稿子好像還沒寫完，快去忙妳的，這個不是你的興趣啦。」

「徒謂以子之所能，而加之以學問，豈可及乎」，孔子的意思，不就是就是鼓勵學生子路既然有才能有求知欲，再加上後天學習努力，有什麼做不到的呢。

「問你喔，空心菜種多久會開花呢？」好不容易有空來菜園，我決定繼續發問。我指著去年拍下的空心菜花朵照，故意問了坐在網室旁挑揀空心菜梗的J，他預備拿著粗壯的菜梗去堆肥。

「不能讓空心菜開花啦——開出了花，就完了。」

J高昂的聲調，宣示這又是個無知的發問，但他又接著補充，「好像很多葉菜類植物都是這樣，一直不摘，葉子老了，差不多也結束了它的一生。茼蒿也是這樣啊，它的花是黃色，妳沒見過吧？」

「啊，去年冬天你種茼蒿，當時我不在這裡，錯過花期了。」

或許是聽到我惋惜的感嘆，像孔子對於學而不厭的學生總是誨人不倦，他反問了我一個問題：「妳知道落花生為什麼要叫落花生嗎？」

我記得唸書的時候讀過作家許地山的〈落花生〉，不就是一位父親藉由開墾荒地教小孩種花生的過程，彷若人生不可能一路順遂的勵志故事，除此之外，還真不知道為何花生前面要加個落字？

「我怎麼可能知道，你說吧。」

「妳可以自己 Google 啦。」J似乎在偷笑。

我不敢相信自己聽到什麼？明明知曉真理卻不傳授給學生，虧我還以孔子有教無類來尊稱J。

「我想聽你說，我相信農夫的說法比較專業。」

或許是被我戴上高帽，J收拾完空心菜殘梗，他慢條斯理表示，「也沒什麼專業大道理，簡單來說，花生開花後，花的子房會落到泥土裡，通常需要藏在土裡的水分和陰暗的環境來結成花生的果實，所以就叫『落』花生。」

「噢，所以花生的花每一朵都會落到土裡喔？那為什麼有的花生有三個土豆仁甚至四個土豆仁？會不會跟開一株葉開幾朵花有關呢？還是這株和那株結婚了呢？」

「我哪裡知道，妳可以去問古狗老師，我很忙。奇怪？你又不種花生，這麼想知道不會自己來種？只會在那邊想像愛情故事……」J一面碎念一面遠離我的糾纏。

後來，我真的去朝拜了古狗大神，首先查到俗話說：「落花生，落花生，落花果就生。」短短三句話裡交代了花生的一生，深深感到前人的智慧結晶，這是我的真心話。

儘管我還是那個只要發問就鬧笑話的偽農婦。

來鄉村逛逛看

2024.09.26，晴時多雲

半生居住在城市，能讓我走過路過絕不錯過的多是獨立書店、連鎖書店、文青風格的雜貨店、手工藝材料店、不限時亦有插座的咖啡店，喜歡的店家皆是城市的安靜居所。

通常臺北女子聚會，譬如前同事揪個百貨公司週年慶、或哪裡新開了服飾旗艦店得趁早掃貨，辦公室的我總是佯裝從眾，暗自疑惑，同事們熱烈討論的表情，沒人如我這般寡聞，難道這些皆是必要資訊？

或許，奇怪的城市女子唯有我。曾經和L作家約在知名百貨頂樓餐廳聚會，卻渾然不知東區SOGO竟有兩處，位於捷運站兩端，礙於前輩相約不好遲到，於是我揮汗如雨在忠孝東路上狂奔。

「所以，你真的不知道這裡有兩家啊？」前輩語氣溫和地笑看著我，笑著補充其實不止兩家，天母、中壢都有，算是連鎖百貨。

「嗯。今天終於知道了。」瀏海汗濕淋淋貼在額前的我，像是史前人類初次發現有火，而我不知自己為何需要這個常識？

或許，我喜歡逛逛的不是主流店面，才會留下不識連鎖百貨的笑話，為了提醒自己別再犯相同錯誤，遂以自嘲口吻將此事分享在臉書。

G作家很貼心留言：「順帶一提，新光三越也有很多家，以後別跑錯了喔。」

再度感到自己的寡聞，於我而言這真是新世界。轉念一想，百貨公司和連鎖書店一樣，只是購物人數大於閱讀人口，而今實體書店一家家關閉，連鎖百貨屹立不搖，即使我只逛想逛的小店，絲毫不減損資本主義集團的存在。如此這般，更要呵護逛書店的偏執了。

移居鄉村這幾年，迷戀做甜點，我的偏執更顯稀缺，除了書店、生活雜貨店，還增加了點心材料店。

早些年還逛手工藝店，至少帶有賢慧的錯覺，經常望著毛線團想像它成為女兒的小帽小襪小圍巾。現在逛點心材料店常有長見識的成分，原來，烘焙的世界有諸多瑣細工具，而我如此鍾愛充滿細節的事物。

烘焙材料常給人樸素質感，像是將麵包、蛋糕都還原成最小的單位，麵粉、水和一點點糖，進入事物最原始的狀態。點心材料店也賣冷凍酥皮、牛角麵團、甜餡料等，這些像是舉辦烘焙比賽卻犯規偷跑的半成品，我經常直接跳過它們，而更喜愛撫摸各種模具、擠花袋、攪拌器物、各國香料、大小不一的包裝盒，想像烘焙好的未成形蛋糕或餅乾裝置其中。

憑空想像著，約莫是在人群中癡心望著某位穿著花襯衫有江湖味的中年男子，正耐心地為花白髮佝僂著身軀的老婦人指路，我下意識編起了故事。

每隔十天半月，有事沒事就想走進店裡，有時純粹閒逛，有時例行補貨，例如各種麵粉和無鹽奶油，縱使超市也有，但我喜歡從城市家或鄉下家走長長的路，汗涔涔地將熱騰騰的自己送進店裡，彷彿我也是剛出爐的蛋糕那樣。

怎麼形容這種刻意朝聖的路途呢？

在點心材料店隨意走逛，對我來說很像自我重整。偶爾寫作節奏不是很順遂，就來逛，讓自己還原到對寫作還興致勃勃的那個我。有很多點子想寫的時候，或是剛好寫完一個作品，也來逛，那是一種修復和犒賞，偷個空來買材料，做好在腦海構思許久的水果戚風蛋糕。

逛的時候或許等於結束舊的我，新的我可以隨時準備展開下一個作品。

烘焙需要時間，寫作也是，隨意逛逛點心材料店，不一定立即動手做，彷如平日先儲存靈感，待有餘裕，送進烤箱，設定好時間，至少能立即完成沉澱在心中作品美好的樣子。

J在鄉下人家愛逛的店，則是五金行超市。

「靠近交流道那家都賣一些機具零件，平鎮那家三層樓的店什麼都賣，鋤頭鐮刀、蔬菜種子，連耙子都有。」J提到五金超市和我說起點心材料店的興奮神情是相同的。

「下次帶我去，我想買一種散熱架，放涼麵包用的。」

「什麼都有賣，搞不好你還能買到不同形狀的烤模。」

J將他愛逛的五金超市混搭了我的點心材料店，我並沒有任何不快，如果有一家店什麼都有賣，的確能節省不少購物時間。

J喜歡破壞後重新建構一個新的世界。

他總是喜滋滋接收朋友丟棄的桌椅櫃櫥，拆解後，緊接著去五金材料行尋覓零件，再以砂紙、鑽頭、螺絲、矽利康等黏合連結慢慢打磨成嶄新的作品，掛衣架、高腳小茶几皆是這般靜靜地加入農舍的家具行列。

我喜歡重複，確定了一個做法後就不太會變動，持續做烘焙已然進入第五年，每次麵包發酵得很飽滿，總要讚美它，彷彿我的小宇宙又多了顆炫目的小行星，仰望戚風蛋糕出爐的高度，每回攻上山頂必定歡呼，抱著倒扣的烤模尖叫——我們又做到了呢。

喜歡烘焙的我和熱愛寫作的我，不論心情起伏都想做個什麼點心，也想寫幾個字，就像J喜歡他的木作和種菜，待在城市的他總是失了魂渾身不對勁。

就像有好天氣絕不能辜負，他總要去菜園耙土拔草種菜苗，我也要把握時間晒晒泛著濕氣的被褥，睡眠時才有太陽的氣味入夢。

日與夜不停輪替，各自持續做著喜歡的事，絲毫未曾厭膩。這裡那裡都逛逛看，本來沒有的生活，遂於人生下半場徐徐開展，究竟鄉下人家還有什麼可能呢？我還在持續探索著，等待驚喜。

【後記】

我害怕散文

寫作以來，從未長時間浸泡於散文氛圍如此之久。內心說不出有多懼怕散文這個文類，它將我喜歡我擅長我恐慌我的脆弱，毫無隱藏攤現於讀者面前。

從J退休開始至鄉村種菜展開的散文之路，初始在旁毫無所圖寫幾篇觀察日記，觀察J這新手農夫特別有意趣。抱著實驗心態將鄉村生活的隨筆和創作計畫投給國藝會，評審們竟然願意鼓勵一直以來只寫小說的我來寫散文，拿到創作補助後無法踟躕，必須馬上寫下去。

拿到補助第一年，本書毫無進度可言，一直停留在申請初始的四千字試寫稿，甚至浮現歸還補助款的念頭。我情願承認自己不會寫散文，也不願私生活如實轉播給讀者知曉。

幾乎將要放棄這本散文之際，因評審文學獎和小說家黃崇凱有了兩小時閒聊，忍不住抱怨自己被散文困住。他聽完後，像個資深而優秀的人類學家看慣出土古化石的口吻，鎮定而平淡的說，「就用小說的方式來解決，一定可以完成的。」我可以感受到鏡片後的銳利眼光，暗語或者是，不要輸給散文啊。

這些話似乎有安魂作用，那天之後，有日在挑揀蔬菜萎去敗葉時，靈光一閃，或許用日記體來建構閒散的鄉村圖景吧。於是，《一個偽農婦的田園日記》從構思到完成出版，足足四年半，這些時間幾乎讓我相信，我終於成為懂得寫散文的小說家了。

也幾乎相信當不成正宗農婦，至少我也是個懂得種什麼就吃什麼的偽農婦，但被進度追趕的我還是非常害怕寫散文，莫名所以地怕。

有了明確架構後，最終順利結案，J笑說勞動的是他，我什麼都沒做卻收成了一本書。之後蒙散文之神眷顧，有賴前《聯合報》副刊主任宇文正老師賞識轉介至家庭副刊開設專欄，每月一小品，以「嗨，鄉下人家」二十一篇專文豐富了原本貧瘠的散文荒漠。

初次以自然書寫，將自己與另一半推到舞臺上，像是楚門秀長達四年直播，越寫越感到無盡的赤裸和羞恥。最終，本書得以保留我們至鄉間生活完整的時間軸，那也是城市女子對田野種種萌生新大陸之感，一草一木花開結果皆讓只在超市逡巡產地履歷的我推翻淺薄認知。本書收納了二〇二〇至二〇二四的四年份日記，或者讀者閱讀此書時，會有偷窺作家生活後台的感覺，同時也察覺到作家不過是創作天線敏銳之人，其他一事無成。

當我寫下了初來乍到鄉村生活的種種新鮮、趣味、望天雨無菜、送別雞隻和貓咪的悵然，這些瑣碎細節建構了剛退休的科技業主管J和城市女子我至鄉下人家生活的小歷史。

個人的小歷史，往往亦能組織為社會變遷的脈絡，儘管我們僅是平凡的生活。本書也滲透原為小說家的思維脈絡，紀錄疫情初始、變化、直至結束，這社會乃至整個世界的乖離荒謬。

完成此書後，散文之神再次捎來幸運，成書之際喜獲同行也是散文名家怡雯撰序，她信手拈起偽裝於日記之下的種種真實，我的文字終於不再虛無飄蕩，慢慢長出散文根系，抓住了日與夜的田野氣味、夕陽之光、夏日暴雨、冬天冷冽之風。

因為散文所以小說，可小說也可散文的日記架構，這個因果關係，讓我想起J常說，種菜就是修行，有時連月乾旱，雜草只會更為旺盛，連日多雨田土則更為滋潤。萬事萬物的存在與消亡，皆有其理。創作二十年來，皆以創作小說為主，即使我害怕散文，卻別無他法，面對是最簡單的方式。

或者是拔除心田雜亂念想，只種小說的苗，竟意外長出散文的果，自此書轉念成為日記體，像是披上小說外衣的我感到安全自在，意外鬆弛有度好寫起來。我恐懼我痛苦我厭惡，什麼都寫，寫完就好了。

希望讀者能喜歡這些害怕散文的文字，我誠摯地以它們與您交心。

國家圖書館出版品預行編目資料

一個偽農婦的田園日記 / 凌明玉作 . -- 初版 . -- 臺北市：
聯合文學出版社股份有限公司，2025.06
264 面；14.8×21 公分 . --（聯合文叢；776）

ISBN 978-986-323-695-5（平裝）

863.55　　　114007234

聯合文叢 **776**

一個偽農婦的田園日記

作　　者／凌明玉
發 行 人／張寶琴

總 編 輯／周昭翡
主　　編／蕭仁豪
資深編輯／林劭璜
編　　輯／劉倍佐
封面設計／Emily Liu
單元插畫／Emily Liu
資深美編／戴榮芝
業務部總經理／李文吉
發行助理／詹益炫
財 務 部／趙玉瑩　韋秀英
人事行政組／李懷瑩
版權管理／蕭仁豪

法律顧問／理律法律事務所
陳長文律師、蔣大中律師

出 版 者／聯合文學出版社股份有限公司
地　　址／(110)臺北市基隆路一段 178 號 10 樓
電　　話／(02)27666759 轉 5107
傳　　真／(02)27567914
郵撥帳號／ 17623526 聯合文學出版社股份有限公司
登 記 證／行政院新聞局局版臺業字第 6109 號
網　　址／http://unitas.udngroup.com.tw
E-mail:unitas@udngroup.com.tw

印 刷 廠／沐春行銷創意有限公司
總 經 銷／聯合發行股份有限公司
地　　址／(231)新北市新店區寶橋路235巷6弄6號2樓
電　　話／(02)29178022

出版日期／ 2025 年 6 月　初版
定　　價／ 380 元

國|藝|會 NCAF 本書獲財團法人國家文化藝術基金會創作補助

ISBN 978-986-323-695-5（平裝）